제주는 잘 있습니다

엄지사진관이 기록한 일상의 순간들

제주는 잘 있습니다

글·사진
엄지사진관

상상출판

프롤로그

제주 사는 사람의 지극히 사적인 이야기.

에세이는 지극히 사적일 수밖에 없으므로. 누군가는 글을 읽고 피식 웃어 넘길 수도, 공감되지 않을 수도, 이해하기 어려울 수도 있다. 그저 멋들어진 문장과 이야기로 제주살이를 표현하고 싶지 않다. 늘 그래왔듯 앞으로도 계속.

어쩌면 누군가는 제주에서 고작 그것밖에 안 살았냐고 생각할 수도 있다. 그러나 여행으로의 제주와 일상의 제주는 분명 달랐다. 나는 그 차이에 대하여, 섬 같은 내가 섬에서 살아가는 이야기를 하려 한다.

"제주 살아서 좋겠네."
가장 많이 듣는 말.

"제주도 맛집 알려줘."

여행 오는 지인들에게 가장 많이 듣는 말.

많은 이들이 사랑하는 곳에 살면 그런 문장들과 가까워진다.

많은 이들이 제주의 삶을 동경하지만

자의든 타의든 제주는 나에겐 타지 생활이었다.

'제주'이기 이전에 낯선 곳이었으므로 나는 자주 힘들었다.

그래도 결국 내가 스스로 선택한 이곳에서

조금 더 낯설게 행복해지기로 했다.

이 섬에서 오늘도 빈틈없이 행복하길.

모든 시절이 호시절이길.

From. 엄지사진관

목차

2장

느림의 미학

3장

나는 너와 우리가 되고

4장

언제나 호시절

1장

이해보다 앞선 오해

언제나 새로운 변화 앞에서

초등학생 시절엔 꼭 장래 희망을 발표하는 시간이 있었다. 나의 미래를 타인에게 공표하는 자리는 태어나 처음이었기 때문에 막연한 두려움이 종종 어린 나를 에워싸곤 했다. 그래도 그 시절을 다시 떠올리면 어릴 때부터 나는 마냥 하고 싶은 게 많았던 아이였다. 늘 수많은 꿈을 꾸었고 그렇게 자라나 대학생 시절엔 특정 직업이 가지고 싶었다. 하지만 막상 좋아하는 일이 직업이 되었을 때, 내 앞으로 당도하는 복잡 미묘한 감정은 나를 혼란스럽게 했다. 사람이 어떻게 좋아하는 일만 하고 살겠냐는 사회에 만연한 태도가 벅차고 고달프기만 했다. 싫어하는 것을 견딜 수 있는 인내심이 부족했고 어쩌면 철이 없었다. 직설적으로 말하면 버티지 못한 것이고 돈을 적게 벌어도 좋아하는 일을 하면 그걸로 충분하다는 일종의 성숙한 희생정신도 부족했던 것이다. 그런 미성숙함에도 무언가를 포기할 때마다 두려웠고 망해버렸다는 자조적인 생각에 자존감이 떨어졌다. '그럴 수도 있지'라는 관

JEJU INT'L AIRPORT

대하고 수용적인 태도보다 타인의 시선을 더욱 신경 썼다. 나보다 타인이 먼저였다. 보이는 것은 보이는 것일 뿐인데 나는 외부에만 몰두했다. 돌이켜보면 하고 싶은 게 항상 있었던 그 원동력에 감사해야 했는데 말이다.

직업을 포기하기로 했을 때 무턱대고 여행을 떠났다. 비행기는 타고 싶었지만 별 어려운 과정이나 로밍 없이도 핸드폰이 수월하게 터지는 곳. 그래서 제주를 택했다. 여행이라기보다는 일종의 도피에 가까웠다. 주변 사람들에게 당당히 꿈이라고 말해왔던 나의 '꿈'을 지키지 못했다는 절망감이 나를 제주로 이끌었다.

포기에도 용기가 필요해.

친구의 위로 문자도 눈에 들어오지 않았다. 어느 누구도 만나고 싶지 않았던 순간, 부끄러워서 도망치고 싶었던 순간에 나는 제주에 있었다. 아침 일찍 게스트하우스에서 나와 멍하니 위미포구에 앉아 해녀 할머니들이 살아가는 모습을 보았다. 대정 오일장에서 호떡을 사 먹으며 허기를 채웠다. 낯선 버스를 타고 가다가 아무 곳에나 내려 하도리를 만났다. 오조리 골목길을 걸으며 소소한 재미를 느꼈다. 일상에서만 만날 수 있는 여유와 아무

것도 아닌 멍한 시간이 좋았다.

인디밴드를 좋아하는 친구들은 나만 '이 밴드', '이 음악'을 알았으면 좋겠다는 공통적인 이기심(사람들은 이 마음을 홍대병이라고 부른다)이 있다. 나도 그랬다. 나만 안다고 생각했던 노래가 예능 프로그램의 BGM으로 나왔을 때, 십센치가 무한도전에 출연했을 때, 반가우면서도 묘한 섭섭함이 있었다. 나에겐 제주도 그리 다르지 않았다. 내가 사랑하는 제주는 나뿐만 아니라 많은 사람에게 공통적으로 사랑받는 장소다. 나만의 공간이나 한적한 공간은 될 수 없었다. 그런데도 도피하듯이 떠나 제주에 닿았던 그 시절에 느꼈던 긍정적인 감정이 남아 다시, 또 다시 제주행 비행기표를 예매하곤 했다.

"그렇게 좋으면 제주에서 살아."

"근데 설레는 공간이 일상이 되면 슬프지 않을까?"

바쁘게 달려온 열두 달 겨울

그때는 아주 추운 겨울이었다. 한 해가 끝남과 동시에 안팎으로 칼바람이 불어왔다. 평생 회사만을 위해 살 것 같던 팀장님과 부장님의 자리도 비어버렸다. 10년, 20년을 한결같이 일해도 그저 회사의 부속품에 지나지 않구나. 그들을 통해 얻은 깨달음이 마음의 한파가 되던 날이었다. 하긴, 연인 사이도 사랑한다는 백 마디 말보다 헤어지자는 짧은 말 한 마디가 더 강력한 법이다. 그래도 자리를 비우게 된 그들의 기분을 감히 헤아릴 수조차 없었다. 차장님과 부장님은 밖에서는 그저 다 같은 어른이었고, 집에서는 누군가의 가족이었으니까. 생계를 위해서 꿈을 접으며 회사에 몸담았는데 하루아침에 쓸모없는 부속품으로 전락하는 기분을 내가 헤아리려 하면 안 되었다.

"성과급 얼마 받았어?"
"너 많이 받겠다. 열심히 했잖아."

겉으로 보이는 성과나 나의 노력은 회사가 매기는 평가의 기준과는 달랐다. 그들이 바라보는 '열심히'의 기준은 오로지 수익이었다. 유독 열심히 달렸던 그해, 성과급도 성취도 없었다. 동기들 사이에 있으면 왠지 주눅이 들었다. 쉼 없이 경쟁을 하며 달려왔는데 고작 그깟 성과급 하나 못 받았다고 나와 우리 팀이 열심히 하지 않았다는 의미는 아니었다. 하지만 가족 같은 기업임을 표방하면서도 정작 돈을 적게 벌었다는 이유로 구박하고 무시하는 이 가족은 나를 지치게 했다.

그리고 스물아홉. 아홉수 그때, 낭만과 청춘의 열정이 나에게서 홀연히 사라져 있었다. 영어 점수 하나에 전전긍긍하며 소중한 시간을 쏟아붓듯 투자했다. 사회가 주입시킨 나이에 맞는 행동을 하기 위해 노력했다. 정작 내가 무엇을 위해 사는지, 무엇을 좋아하고 어떻게 살아야 하는지에 관한 답은 찾지 못한 채였다. 바로 그때 제주가 떠올랐다.

저가 항공의 취항으로 제주도는 최근 10년간 엄청난 변화를 맞았다. 20대에 처음으로 친구들과 떠나는 여행, 가족여행, 할머니 환갑 기념 여행, 셀프 웨딩 촬영 등을 제외하고도 도시 생활에 싫증이 난 젊은 사람들이 아예 제주로 와서 인생의 2막을 시작하는 경우도 많았다. 사실 나는 제주에서 살고 싶었던 옛날에 게스트하우스 스태프로 일하며 한 달을 지내본 적이 있었다. 바로 그 때 도민이 되겠다는 마음을 접었다. 내가 상상했던 이상적이고 포근하기만 했던 여행지가 일상의 장소가 되어버리니 묘하게 아쉬운 구석이 생겼다. 그래서 나는 제주를 힘들 때나 혼자 떠나고 싶어질 때면 언제든 찾아올 수 있는 곳으로만 남겨두었다.

스물아홉을 앞둔 나는 드라마 주인공이라도 된 것처럼 슬펐고 한껏 분위기를 잡은 채 그렇게 제주로 왔다. 떠나지 않고도 괜찮을 수 있다면 얼마나 좋을까.

가끔 내가 물어보기 전에 누군가 먼저 말해줬으면 좋겠다. 거짓말이라도 좋으니까 넌 참 잘하고 있다고.

지금처럼만 계속해. 그러면 된다고.

자의적
제주살이

여행자가 아닌 생활인으로 제주에 살기 시작한 이유는 일을 위해서였다. 돈벌이를 위해 온 제주에서 나는 그럭저럭 행복하고 즐겁게 지냈다. 코로나19로 인해 감정적으로는 예민해졌지만. 할머니가 잘 지내시는지, 어떻게 지내고 계시는지 직접 보지 못했지만. 장난꾸러기 조카 녀석들이 커가는 과정을 제대로 볼 수는 없었지만. 서울 사는 좋아하는 친구들과도 아주 가끔만 만나야 했지만. 그렇게 나는 정작 소중한 것들로부터 멀어진 채 그럭저럭 지냈다.

그 무렵 커다란 고민거리가 생겼다. 다름 아닌 '돈'이 문제였다. 중요하게 여겨야 하는 돈 문제를 나도 모르게 뒤로만 미루고 있었다. 좋아하는 일을 하는데, 돈이 뭐가 중요하냐고 했던 낭만적인 사고는 20대 때나 통했다. 당장 먹고사는 게 문제인데 낭만이 다 무슨 소용인가. 똑 부러지게 돈을 관리했어야 했는데 이런저런 핑계를 대며 회피했다. 그 회피는 제주살이에 실패했다는

생각으로 이어졌고, 절망감과 쪽팔림에 퇴사를 결정했다. 일을 위해 제주로 왔는데 그 일이 나를 괴롭혔고 결국 끊어내기로 한 것이다.

가족들은 다 괜찮으니 다시 서울로 돌아오라고 했다. 그러나 돌아가면 후회할 거라는 확신이 내게 있었다. 아무래도 나는 후회를 밥 먹듯이 하는 사람이니까. 그래서 한 번 더 용기를 내보기로 했다. 2년만 더 이곳에서 하고 싶은 것을 해보기로 했다. 그렇게 하고 싶은 일들을 하나씩 천천히 적었다. 따박따박 월급을 받던 월급쟁이가 프리랜서가 되기로 결심한 것은 바로 그 순간이었다. 따지고 보면 한 끗 차이인데 그 한 끗이 그렇게 겁났다. 그리고 여전히 두렵다.

잘하고 있을까?

사실 제주에서 새로운 시작을 하면서 한편으로는 회사생활이 끝났다고 생각했다. 그래도 의미 있는 일을 하니까, 그렇게 위안을 삼으며 버텼다. 물론 고용자와 노동자의 입장에서는 차이가 발생할 수밖에 없는 법이지만, 노력에 상응하는 어떤 보상도 없는 현실은 나를 지치게 했다. 피해는 고스란히 내 몫이었고 퇴사를 제외하곤 선택권이 없었다. 회사를 그만두기로 했을 때 내 마음은 혼란으로 가득했다. 하지만 곧장 서울로 돌아가지 않았다. 실패했다는 좌절감이 발목을 붙들었다. 어떻게 돌아갈 수 있을까. 내가 어떤 마음으로 제주로 왔는데, 모든 걸 관두고 서울이라니. 이 모든 괴로움은 한 해가 시작되는 1월에 일어났다.

1월을 지나 2월, 선택의 기로에 섰다. 제주살이를 마무리하고 다시 서울로 돌아갈 것인가, 아니면 이곳에 남아 자영업을 시작할 것인가. 나는 제주에서 수없이 많은 사람을 만났고, 전과 다른 일상을 경험하기도 했다. 나의 삶이니 홀로 고민하고 결정해야

만 했다. 해답은 내 마음속에 있지만 선뜻 용기가 안 났다. 무슨 고민을 했냐고? 제주에서 사진을 통해 다양한 경험을 해보는 것. 그리고 결심했다. 제주에 머물기로.

상업 사진을 먼저 떠올렸다. 제주에는 이미 웨딩 스냅, 여행 스냅 등 사진 작가가 많았다. 그들 모두 각자의 재능과 색채로 오랜 시간 영역을 견고히 해온 선배님들이었다. 막상 사업을 시작하고도 한동안 예약이 들어오지 않았다. 초조해하는 나에게 친구들은 이렇게 말했다.

"엄지야, 오픈하자마자 예약이 꽉 찰 줄 알았어? 사려니에 가서 명함을 돌리든가, 셀프 웨딩을 찍는 사람에게 가서 커플 사진 찍고 있다고 말해보든가. 뭐라도 해보자."

"자영업은 가만히 있으면 끝나는 거야."

그래서 나는 움직이기 시작했다.

초심을 잃을 때마다 나를 바로잡게 하는 기억이 있다. 직장 생활의 습성이 남았는지 나는 출근을 꼭 해야 했다. 그런 불안감에 친구인 종운이에게 "네 작업실에 9시까지 출근해도 될까?"라고 양해를 구했다. 종운이는 흔쾌히 그러라고 했다. 친구의 작업실 옆엔 또 다른 친구 병준이가 살고 있었다. 또래 친구들끼리 같은 마을에 모여 살고 있다는 건 제주살이만의 쏠쏠한 재미이기도 했다. 병준이는 작업실 복도에서 슬리퍼를 질질 끌고 가는 나를 마주치면 늘 "넌 여기 오는 시간을 줄여야 해"라고 농담 삼아 말하곤 했다. 그때는 그 말의 의미를 정확히 알지 못했다. 하지만 머지않아 그 의미를 알 수 있었다.

나는 요리를 즐기지 않고, 정확히 말하면 귀찮게 여겨서 끼니를 제대로 챙기지 못한다. 직장을 다닐 때는 의무적으로라도 점심을 제때 먹었지만, 혼자 일을 하니 끼니를 챙기기가 쉽지 않았다. 하루는 종운이가 함께 순두부찌개를 먹자더니 사정이 생겨 먼저 작업실을 나섰다. 그러면서 거듭 "엄지야 밥 꼭 먹어"라고 말하는 것이다. 친구의 당부에 귀찮음을 누르고 부엌으로 가니, 내가 먹을 순두부찌개를 덜어놓은 것이 보였다. 단지 그 장면 하나만으로 친구가 나를 얼마나 위해주는지, 또 내가 얼마나 자신에게 소홀했는지를 깨달을 수 있었다. 초심을 잃을 것 같을 때마다 그 장면을 떠올리고 나를 다잡았다.

사실 제주에서 홀로서기를 시작하며 자주 바닥을 쳤다. 더 잘 살기 위한 선택이었는데 왜 이런 꼴인가. 다니던 광고회사의 선배들이 그건 아니라고 뜯어말릴 때도 오히려 괜찮을 거라고 그들을 안심시키던 순간이 주마등처럼 스쳐 지나갔다. 하지만 후회는 나를 갉아먹기만 하므로, 그럴수록 이 악물고 잘 해내야만 했다.

돌이켜보면 부정적인 감정만 품고 제주로 온 건 아니었다. 분명 한편으로는 내게 또 다른 기회를 줄 것이라고 생각했다. 물론 그 기회는 처절한 실패로 돌아갔지만. 때문에 무너졌고 전과 다른 제주살이를 시작할 수 있게 되었다. 실패는 내 삶을 다른 방식으로 이어나가게 했고, 나를 응원해주는 사람들을 만나게 했다. 삶은 그렇게 양면적이다.

2월, 알 수 없는 터널을 조금 빠져나왔다. 제주는 봄이 빨랐다.

3월, 일이 들어오기 시작했다. 그러니 인생이란 참 알 수 없는 것이다. 성인이 되고 줄곧 서울에 살았고, 또 서울에서 결혼을 하고 집을 사고 아이를 낳으며 살게 될 줄 알았건만 내 예상과 전혀 다른 형태로 제주에 있게 되었다.

아이러니하게도 이 바쁘고 힘든 하루가 행복하다. 여름을 맞이할 준비를 하면 된다. 즐겁게 나아가고 있음에 감사하며 겸손함을 잃지 않기로 다짐한다. 손님 한 분 한 분을 어떻게 사진에 남길지, 그들만의 분위기를 담을지 고민하기로 한다. 지난 일들에 집착하고 지난 사람들을 미워하며 **그 순간에 갇히지 않기로 한다.**

웃으며
말할 수 있기까지

처음 제주에 내려왔을 땐 서울을 자주 갈 예정이었기에 공항 근처에 집을 구했다. 그랬던 내가 흐르고 흘러 제주공항에서 머나먼 서귀포까지 이사 오게 되었다. 겁 많고 새가슴인 내가 영역을 확장했다.

차도 없이 뚜벅이였을 때는 금능해변을 그렇게나 많이 갔다. 제주살이 3개월 차에는 말로 형용할 수 없을 정도로 힘들었다. 제주는 역시 사는 것보다 들르는 것이 좋다고 확신했다. 서울에서 일할 때만 해도 '제주에 가면 여기 가야지', '이 카페 꼭 들러야지' 그렇게 하고 싶은 것이 참 많았다. 하지만 정작 제주에 살면서 내 삶의 태도는 조금씩 달라졌다. 맛집이나 명소를 떠올리고 기록하기보다는 내 삶에 이 섬을 침투시켰다. 날씨가 좋으면 해변으로 가서 치킨을 먹고, 늦은 시간이라도 바다가 보고 싶어지면 금능해변에 갈 수 있었다. 걷고 싶은 오름이 생기면 당장 내일 아침에라도 올라갈 수 있었다. 일주일에 며칠씩 사려니 숲길로

출근하는 삶이란 낭만적이지 않은가! 이제는 웃으며 말한다. "제주도 좋아요."

그러나 크게 걱정하지 않았던 코로나19는 생각보다 힘이 셌고 오래 갔으며, 예전 같은 일상을 누릴 수 없게 되었다. 제주에서 머물기로 한 이상 나는 제주에서 돈을 벌어 먹고살아야 했다. 나의 직장이라고 할 수 있는 가게는 하나둘 자신만의 색과 온기로 채워졌고, 태풍과 폭설에도 여차여차 잘 지냈다. 물론 코로나로 인해 하고 싶었던 강연과 필름 사진 프로젝트 및 기타 작업들을 어쩔 수 없이 미루게 되었지만.

미움보다 늘 커다란 사랑을 받고 자라며 지냈지.
앞으로 또 어떤 이야기들이 펼쳐질지 모르겠지만
1년 뒤에 어떤 글을 또 어떤 날에 의미를 부여하며
어떤 곳에서 쓰고 있을지 모르겠지만.
1년간 고생했어.
고마워, 항상 멀리서 봐주는 친구들
또 어디선가 응원해주고 있을 따뜻한 모든 것에게.
내일이 기다려지는 삶을 산다는 건 감사한 일이다.
-제주공항에서 엄지가 엄지에게

필름의

기억

필름 사진은 잔인하지
한 롤을 쓰는 데 한두 달이 꼬박 걸리는데
막상 그 기다림을 거쳐 현상 스캔을 할 땐
당시 좋았던 순간이 좋지 않은 순간으로 바뀌기도 하고
따스했던 관계의 온기가 달라지기도 하지

아직 현상 스캔을 하지 못한 채 묵혀둔 필름이 있다
사진 속에 내가 웃고 있을까 봐
그게 겁이 나

지나고
난 뒤

"언제 제주에 오셨어요?"

"어쩌다 제주에 살게 됐어요?"

"제주 어때요? 정착하는 거 안 힘들었어요?"

스냅 사진 촬영을 위해 방문하는 손님들은 대체로 이런 질문을 한다. 그런 질문들을 받으며 상념에 빠지면, 불현듯 제주에 정착하며 겪었던 과거의 불합리한 상황들이 머릿속을 스친다. 왜 다 지나고 나서야 이런 생각이 나는지 모르겠다고 친구에게 말하니, 친구는 "덜 바쁜 거야? 다른 거 신경 쓸 여유가 있네" 웃으며 말했다. 불편한 상황에도 조리 있게 대응하지 못해 바보 같았던 시절. 내가 착해서 그렇다고 넘어가기엔 어리석었던 때가 있었다. 그래도 어찌저찌 그 시간을 지났다. **부정적인 과거를 곱씹지 않게** 더 바빠져야지.

나만의 오늘을 만들기 위하여

아침 7시에 잠에서 깬다. 우유와 시리얼로 후다닥 아침 식사를 마치고 7시 30분에 출근한다. 적어도 오전에는 부지런한 패턴으로 흘러가면 좋겠다고 생각했다. 청소를 하고 재고 정리를 마치면 오전 9시쯤이 된다. 택배를 보내야 하는 날이면 택배를 들고 바삐 우체국으로 걸어간다. 우체국에서 작업실로 돌아오고 나면 9시 50분이 되고, 본격적인 영업시간이 된다. 일을 시작하면 정오는 한달음에 내 앞에 당도하고, 그 무렵엔 배가 고파 자연히 예민해진다. 점심시간은 30분부터인데 어떤 날엔 꼭 28분 정도에 오는 손님이 있다. 점심시간이라고 양해를 구하고도 미안함에 마음이 좋지 않다. 그분들을 챙겨드리고 싶어도 오후 일정이 어떻게 틀어지게 될지도 모르고, 시간을 잘 지켜 오시는 분들에 대한 미안함으로 (미안함은 미안함을 부르는 법이다) 어쩔 수 없이 단호해져야 한다. 내가 중심을 잃으면 내 일의 중심이 무너지니 확실한 기준을 가지고 움직여야 한다. 나만의 속도와 기준을 만

제주 JEJU
t'way
t'way

들기 위해 노력하는 요즘이다.

적어도 내가 행복해지길 바란다. 내가 하고 있는 일에 미흡함이 없는 전문가가 되기를 바란다. 그래도 가끔은 나도 엇나가고 싶다. 당장 오늘 끝내야 하는 일이 너무 힘들어지면 어떻게 될까 고민한다. **조금 더 애쓰고 조금 덜 여유롭거나, 조금 덜 애쓰고 조금 더 여유롭거나.** 다른 사람들은 무엇을 선택하며 살까.

서울 살아서 좋겠다

"서울 살아서 좋겠다"라는 말을 들으면 어떻게 답할 것 같은가? 그저 서울에서 나고 자랐고 대학을 서울에서 다니고 나아가 회사를 서울에서 다니게 되어 어쩌다 서울이게 된 것인데. 누군가는 이런 생각을 하게 될지도 모르겠다. 이것은 제주에 사는 사람들이 많이 듣는 말을 서울이라는 도시로 살짝만 변경한 것으로, 사람들이 제주에 가지는 일종의 낭만을 보여주기 위함이다. (물론 나 또한 서울살이를 우러러보기도 했고 여전히 그런 사람들이 있으며, 서울에 각종 인프라가 집중되어 있으니 서울을 동경하게 되는 것 또한 이상한 일이 아니다. 나는 그저 제주에 가지는 사람들의 낭만을 조금 더 편히 설명하기 위해 서울이라는 도시를 예시로 사용한 것이니 알아주기를 바란다.)

서울, 대전, 광주, 대구, 부산처럼 커다란 도시가 많지만 그 도시들과 '한 달 살기'라는 단어는 붙어서 쓰이지 않는다. 그러나 제주에서는 한 달 살기를 시작하는 사람들이 많고 한때는 붐이

신창 민박

일어나기도 했다. 즉, 어쩌면 제주는 삶이 이어지는 곳이라기보다 낭만이 깃든 여행지로서 사람들의 마음에 많이 남는 곳이라고 할 수 있다. 그래서 제주에 본격적으로 살기 위해 들어오는 사람들은 '이사'라는 단어보다 '입도'라는 말을 쓰게 되는 것이 아닐까. 비행기를 타야 오갈 수 있는 그 섬이 주는 섬만의 정서가 있으니까.

"제주도 살아서 좋겠네."

이 말은 그날의 기분에 따라서 달리 해석되곤 한다. 제주에 살면서 내 삶이 그저 좋기만 한 것은 아니었다. 장소가 바뀐다고 삶이 확 변화하지는 않으니까. 그래서 나는 한동안 적어도 가까운 사람들만이라도 그런 말을 하지 않았으면 좋겠다고 생각했다. 차라리 조금 더 간편하게 제주도 여행을 위한 장소나 카페를 추천해달라고 하는 편이 낫다고 여겼다. 마음의 여유가 없으면 악의 없는 말도 꼬아 듣게 된다. 그러니 제주 살아서 좋겠다는 말에 어떤 불순한 마음도 없이 "응 좋아"라고 말하기 위해서는 익숙해질 시간이 필요하다. 여전히 적응이 필요하고 내 삶을 자리 잡아야 하고 나로서 온전히 설 수 있을 때 제대로 된 대답을 할 수 있지 않을까. 이젠 제주가 나의 집이지만 그래도 가끔은 **"타지에서 고생이 많다"**라는 말이 간절히 듣고 싶어지기도 한다.

나는 줄곧 기분이 태도가 되지 않으려고 노력했다. 그런데 제주에 처음 입도해서 지내는 동안 내 기분은 자주 태도가 되었다. 전보다 더욱 예민해져 때로는 나조차 나의 예민함이 어려웠다. 낯선 곳에서 일하게 된 상황보다 낯선 곳에서 처음으로 자취를 시작하게 되었다는 사실이 더 힘들었다. 제주와 서울의 시간은 상이하게 흘러간다. 천성이 부지런하다 못해 일하다 죽을 팔자인지 나는 느리고 고요하게 흘러가는 시간의 나태함을 견디지 못했다.

고요함에 적응하며 이제는 오후 7시 10분이면 집에 들어오는 일상을 보낸다. 서울에서 이렇게 살았다면 엄마가 얼마나 좋아했을까. 가끔 약속이 생겨 술을 마셔도 절대 밤 11시를 넘기지 않는다. 그렇게 나는 제주의 계절이 몇 번이나 피고 지는 것을 보았다. 이곳에 내가 사랑하는 사람들이 있어 좋다는 말을 할 수 있는 날이 내게 오기를 바라면서.

한 달 머물기
좋은 곳

개인적으로 제주 한 달 살기를 추천한다. 며칠 잠깐 머물다 떠나기에 제주는 크고 좋은 곳으로 넘쳐나니까. 할 것도 많고 볼 것도 많으며 먹을 것도 많다.

1주차 – 제주에 왔다는 들뜬 기분 느끼기

2주차 – 맛집 뽀개기

3주차 – 나 여기 쉬러 왔지~ 혼자만의 시간 누리기

4주차 – 다시 돌아갈 준비

참고로 제주에서 꼭 맛봐야 하는 음식이 넘치지만, 그중에서도 향토 음식을 추천한다. 고사리육개장, 몸국, 접착뼛국은 필수로 먹어야 한다. 이름을 부르는 것만으로도 입맛을 다시게 된다. '감기 전 몸보신으로는 접착뼛국, 시내에서는 고사리육개장, 해장으로는 몸국.' 표어처럼 내 뇌리에 각인된 조합이다. 음식에 대해 잘은 모르지만 여긴 섬이고, 국물을 우려내는 기본적인 재료가 육지와는 조금 다르다. 전에 없이 고사리를 많이 먹어보게 되기도 했다. 삼겹살과 같이 구워 먹으면 그 맛이 일품이라는 것을 알게 되었다. 생각해보면 여행하면서 먹었던 고등어조림, 갈치조림, 회 같은 메뉴는 육지의 지인들이 올 때나 먹지, 평소에는 잘 먹지 않는 것 같기도.

또 제주는 예쁜 것으로 가득하다. 예쁜 카페들이 매달 여러 개씩 생겨나서, 카페 투어만 해도 한 달은 순식간에 지나간다. 공간 활용력이 뛰어난 곳도, 커피에 남다른 철학을 가진 사장님이 운영하는 곳도 많다. 이렇듯 먹을 것도, 갈 곳도 참 많지만 오름을 올라보거나 숲을 한 번쯤 가보았으면 좋겠다.

그렇게 한 달을 즐기면 좋은 기억만 가지고 딱 좋을 때 떠난다. 그 이상 길어지면? 제주에 질려버리거나 아예 제주에 눌러앉게 될 수도 있으니 주의하도록 하자.

아름다운 사람은 머문 자리도 아름답다

제주엔 쓰레기통이 없다. 심지어 쓰레기도 정해진 요일에, 정해진 곳에 버려야 하는 시스템(24시간 재활용센터가 있긴 하지만)이 있다. 요일에 연연하지 않고 그때그때 버리던 습관이 있어서인지 처음에는 불편하기만 했다. 그러나 인간은 적응의 동물. 절대 적응이 안 될 것 같았던 일들도 살면서 자연스레 익숙해졌다. 빠르고 편리한 것 위주로 돌아가던 생활이 조금씩 달라졌다. 가속도가 붙어 있던 삶에 브레이크와 방지턱이 들어섰고 조금씩 느리게 걸었다. 불편할 것 같아도 익숙해지면 불편한지도 모르게 된다. 정해진 날짜에만 쓰레기를 버리느라 평소 재활용을 잘 분리하는 습관도 생겼다.

아름다운 사람은 머문 자리도 아름답다던데, 놀랍게도 머문 자리가 아름답지 않은 경우도 많이 목격된다. 쓰레기통이 드문 것도 단점이지만, 그렇다고 자신의 쓰레기를 아무 데나 버리고 가

BUS
용마마을

는 사람들이 문제가 없는 것은 아니다. 2021년 여름에 이호테우 해변이 쓰레기 무단 투기로 인해 쑥대밭이 된 모습을 소셜 미디어로 보고 큰 충격을 받았다. 그 아름다운 해변이 쓰레기장이 되다니.

환경을 위해 자신의 생활을 변화시키는 사람들이 근래 늘어나고 있다. 내가 그들처럼 환경에 많은 관심이 있다곤 할 수 없다. 하지만 제주에 살며 알게 된 것은 눈으로 다 담기지 않는 아름다운 자연을 파괴하는 것은 필시 인간이라는 사실이었다. 조금만 괜찮아 보이면 우르르 몰려가 사진을 찍고 아무렇게나 자연을 훼손한다. 먹은 것과 마신 것, 즐긴 것의 흔적을 그대로 남겨둔 채 떠난다. 그 장소가 사유지라면 주인은 얼마나 환장할 노릇일까. 배려심 없고 이기적인 행동들 때문에 우리가 갈 수 있는 곳도 하나둘씩 줄어드는 추세다.

쓰레기통이 없는 것도 문제지만 쓰레기를 아무 곳에나 버리는 사람들도 문제다. 자신이 지나온 자리를 돌아봤을 때 뿌듯함을 느낄 이들이 늘기를. 혹은 누군가가 더럽힌 자리에 들어설 때 느낄 불쾌함을 상상해보기를. 배려라는 생각보다 당연한 것이라는 태도가 필요하다.

2장

느림의 미학

그리고 다시

제주

휘청일 때면 도시를 떠나 '제주'로 갔다.

공항에 내려 익숙하게 2번 게이트로 나가 버스를 탄다. 렌터가로 여행하면 구석구석 다닐 수 있어 좋지만, 도시에 지친 채 제주에 다다르면 운전마저 귀찮다. 사람들은 제주도 버스 여행은 여유로 가득할 것이라고 막연히 오해한다. 그러나 제주는 버스 배차간격이 길어서 확인에 확인을 거듭 거쳐야 한다. 버스라도 탈라치면 지도를 보며 이 정류장에서 내리는 것이 맞는지 확인해야 하니 손에서 스마트폰을 내려놓을 수 없다. 운전대를 쥐는 것마저 귀찮아서 왔다가, 확인할 것이 더 많아져서 더 번거로워지고 말았으나 그래도 역시 소셜 미디어에는 여유로운 제주도 버스 여행이라며 글을 남긴다. 어디 한 번 당해보라는 장난을 친다.

보기에 나는 성격이 활발해 사람들 많은 곳을 좋아할 것 같다

는 이야기를 듣는다. 하지만 실상은 조용하고 한적한 곳을 좋아한다. 제주의 골목길은 그런 나에게 딱이다.

제주는 살기 이전부터 나에게 많은 추억을 선사했던 섬이었다. 철없던 어린 날 인턴 생활이 너무 힘들어 사표를 쓰고 백만 원 들고 훌쩍 여행을 왔던 기억, 태풍으로 비행기가 결항되어 제주공항에서 피난민처럼 대기 번호를 기다리며 언제 집으로 가나 막막했던 기억, 쏟아지는 비를 피해 몸을 녹이러 들어갔던 게스트하우스, 그 비가 그친 후 종달리를 덮을 만큼 활짝 폈던 무지개, 선선한 바람이 불어오던 용눈이 오름 위 바람.

그 시간을 지나 다시 제주의 골목길로 들어섰다.

위로와 위안이 되는 공간.

그래서 사람들은 다시, 제주에 닿는다.

뜨거운 여름날만큼
관계에 집착했던

제주의 여름은 습하다는 단어를 온몸으로 느낄 수 있다. 내 몸에서 태양과 가장 가까운 정수리가 탈 것 같은 순간이 오면 부랴부랴 카페로 들어갔다. 여유롭게 밥을 먹고 걸으며 시간을 보내다가도 일몰만큼은 금능해변에서 봐야 한다며 돌담에 걸터앉기도 했다. 멍하니 아무 생각하지 않기로 마음을 먹어놓고서, 보랏빛으로 물드는 일몰을 지나칠 수 없어 스마트폰을 꺼내 사진을 찍게 되었다. 사는 게 원래 이런 건가. 생각대로, 계획대로만 흘러가면 얼마나 좋을까 싶던 어느 여름날이었다.

"올해는 꼭 해낼 거야!"

우리는 늘 희망을 품는다. 올해는 무언가를 꼭 이루고 싶다는 1월 1일의 다짐은 단 3일이면 무너진다(작심삼일이라는 말이 괜히 있는 게 아니다). 각자가 느끼는 시간의 흐름은 다르겠지만

나는 어느 순간부터 시간이 지나치게 빨리 흘러간다고 느꼈다. 하고 싶은 것이 많아 조급함도 커지니 무엇 하나 제대로 마무리하고 있다는 느낌도 없었다.

그러나 사실 계획에 휘둘리는 삶을 살아왔다. 내 삶은 계획의 연속이었고 한 치의 오차라도 생길 경우에는 엄청난 스트레스를 받았다. 하지만 인간은 경험을 통해 변화하는 법이다. 나이가 들수록 계획대로 되는 것은 없다는 교훈을 얻으며 계획이 그리 중요하지 않다는 생각을 했다. 어느 순간부터 계획을 사치로 여기게 되었다. 영화 〈기생충〉에서 "아들아 너는 다 계획이 있구나"라는 명대사가 유난히 기억에 남는 이유다. 열심히 계획을 세워도 순식간에 허상이 되기도 하니 말이다. 물론 나는 여전히 내가 세운 계획과 결정 앞에 휘청인다.

회사생활은 버팀의 연속이었다. 내게 일어났던 아주 좋았던 일부의 기억으로, 힘들기만 했고 힘들 예정인 대부분의 시간을 버텼다. 회사 동료들과의 관계 정리도 필요했다. 그들은 엄연히 말하자면 회사에서 만난 동료들이지 친구는 아니니까. 물론 가족보다도 더 긴 시간을 한 공간에서 머무는 관계이기 때문에 호의적인 상태를 유지하는 것은 중요하다. 그래도 적당한 거리두기는 필요했다. 거리두기에 서툴러 무례를 범하거나 바보처럼 선을 넘기도 했다. 적당하고 건강한 관계를 오랫동안 유지하며 나부터 내 바운더리를 잘 구축해야 했는데, 다른 곳으로 엉뚱한 에너지를 쏟기도 했다.

한 번은 선배가 "네가 화분에 물을 줬다고 해서, 화분에 꽃이 잘 필 거라고 기대하지 마"라고 말했다. 인간관계로 고민하는 사람이라면 한 번쯤 곱씹을 필요가 있는 말이다. 어떤 관계인지에 국한되지 않은 사람과 사람 사이의 고민.

고민은 고민을 낳았다. 취업 걱정을 하다 취업을 하니, 연애나 결혼 등 또 다른 고민이 생겼다. 그래도 돌아보면 참으로 좋았던 순간이었다. 결과가 좋았기에 지난날이 아름답게 미화되는 것도 같다. 다가올 날들엔 '그럴 수 있지'라는 마음으로, 마음이 복잡하면 복잡한 마음으로 그냥 나아가자.

사춘기도 아닌데, 사춘기잖아.

혼자,
처음

첫 자취. 집에 홀로 덩그러니 남겨지니 어찌나 막막하던지. 내가 들어오기 전까지 열 달간 비어 있던 집은 온기 없이 서늘했다. 그날따라 제주 바람은 또 얼마나 차가웠는지……. 부끄럽지만 나는 밥 한 번, 세탁기 한 번 제대로 돌린 적 없는 어른이었다. 살림과 거리가 멀었던 나의 뒤늦은 독립은 막막한 시간의 연속이었다. (사실 1년 동안 자취하면서 한 번도 밥을 해 먹지 않았다…….) 외로움을 워낙 잘 타기에 친구들의 걱정을 샀건만, 외로움보다 **혼자살이**에 적응하느라 정신이 없었다.

번듯하게 집을 구해 나간 것도, 결혼을 위해 어쩔 수 없이 거주지를 옮기게 된 것도 아니었다. 단지 근무지가 제주로 바뀌면서 어쩔 수 없이 독립을 하게 된 것이었다. 예전에는 결혼하기 전까지는 독립할 일은 없을 거라고 생각했다. 막상 예기치 못한 상황으로 1인 가구가 되자 설렘과 두려움이 정확히 절반씩 나뉘어 내 안을 채웠다.

go! MARTRO

나는 여전히 자취가 서툰 햇병아리다. 분명한 것은 혼자 살아가는 과정이 삶의 지혜를 향상해준다는 것이다. 엄마가 가사노동은 왜 월급이 나오지 않느냐고 불평하던 그 순간이 비로소 이해가 되었다.

"엄마, 청소는 왜 해도 티가 안 날까?"

"원래 청소는 해도 티 안 나."

그래서 엄마가 매일 청소기를 돌리고 있었던 것이구나. 지겨울 만큼 자주 화장실 청소를 했던 것이구나.

친구는 첫 자취 기념으로 빨래 건조대를 선물했다. 받고 보니 건조대의 크기가 상당해서 이렇게 큰 걸 선물하면 어떡하냐고 앓는 소리를 했다. 친구는 씨익 웃으며 "한 달만 지나면 내 깊은 뜻을 알게 될 거다"라고 대답했다. 친구의 혜안은 정말 고작 한 달 만에 깨달을 수 있었다. 세탁해 건조대에 널어둔 옷을 입고 다시 세탁하고 건조대에 널어두고 다시 입는 이 루트가 자연스레 일상에 녹아들었으니 말이다. 어차피 입을 거라며 마른 옷가지를 개는 시간을 부정하고 있다.

가급적이면 직접 요리를 해서 끼니를 챙겨 먹겠다고 결심했건만 그 결심도 오래 가지 않았다. 먹는 시간보다 요리하는 시간이 더 오래 걸리니 공들인 시간이 허무했다. 엄마에게 반찬 투정을 했던 지난날이 한심할 뿐이다.

전기세나 가스비 등등 각종 공과금이 더 현실적으로 다가왔다. 단순히 월세만 낸다고 내가 지불할 모든 돈이 끝나는 것이 아니었다. 필요한 것을 메모해서 장을 보러 가도 정작 카트에는 엉뚱한 것과 예상보다 더 많은 양을 담게 되었다. 10원 단위 하나도 자세히 들여다보고 비교하게 되면서 평소 커피값은 아끼지 않는 묘한 상황이 자주 발생했다.

그래도 좋은 점은 있다. 더 자유로운 삶을 누리게 되었다는 것. 내 취향에 맞는 게으른 하루를 보낼 수 있나는 것이다. 술을 마시고 들어와도 아무도 나에게 잔소리를 하지 않는다. 다만 혼자서 사느라 잠을 자야 할 때를 자주 놓치게 된다. 늦게 자니 아침에는 몸이 추욱 늘어지기 일쑤다.

나태함에 관하여

틱톡을 해봐.

유튜브를 해보면 어때?

다양한 세안을 듣기도 했지만 역시 그런 건 중요하지 않았다. 만약에 하고 싶다고 하더라도 어설프게 따라 할 역량밖에 안 된다면 시작하지 않는 편이 낫다. 내가 잘하는 몇 가지 일에 집중하는 편이 훨씬 좋았다. 제주에는 정말 **'진짜들'**만 모였다. 그래서 나태해질 수가 없다. 나태하면 빠르게 도태되는 것이 바로 이 섬이기 때문이다. 그래도 도시에서의 각박함이 싫어서 내려왔다고 하면 한량이려나?

나만의 장소

제주에 살면 같은 질문을 끊임없이 받는다. 맛집은 어디이고 어떤 숙소가 괜찮으며 어디를 가는 것이 좋은지에 관한 여행자의 질문이다. 그런 질문에는 다소 속 편한 대답을 하게 된다. 배가 고프면 뭐든 맛있는 법이고, 여행 일정이 빠듯하다면 숙소는 잠만 자는 장소가 될 것이라고. 또한 제주도는 정말이지 엄청나게 커서, 단순히 장소 몇 곳을 고르기보다는 여행 기간을 고려해 동쪽으로 돌지 서쪽으로 돌지, 서귀포로 갈지 선택해서 움직이면 좋다. 그런데도 2박 3일이라는 짧은 일정 동안 제주 한 바퀴를 도는 사람들을 보면 그들의 성실함과 부지런함에 놀라고 만다. 물론 나도 거주민이 아닌 여행자였다면 빡빡한 강행군을 해냈을지도 모른다. 어찌 됐든 어떤 쪽으로 움직일지를 정하면 내가 추천해줄 수 있는 곳도 명확해진다.

사실 제주에 살면서 먹는 음식은 딱새우, 갈치조림, 해물라면처럼 알려진 음식과는 거리가 멀다. 무조건 백반집을 찾거나 집에서 밥을 차려 먹게 되는 날이 대부분이기 때문이다. 또한 사람들이 많이 찾는 관광지가 아닌 나만의 장소가 생긴다. 필름 카메라를 든 채 버스를 타고 목적지 없이 흐르다가 낯선 제주 골목길에 스며드는 내 일상 덕분이다. 유일한 낙이자 스트레스 해소법이었던 그 습관이 나만의 공간을 만들어주었다. 사진을 찍으며 제주가 피고 지는 것을 보았다. 어떤 작물이 피고 지는지, 어떤 곳이 어떤 계절에 아름다운지. 가슴에 남길 순간을 찾아 답사를 다니며 여러 곳을 엿보았다.

소중하다고 말할 수 있는 곳이 생긴다는 것만으로도 이곳에 더 많은 마음을 주게 된다.

성읍교차로 녹차밭

하루를 시작할 때 아침에 한라산이 보이면 그날 날씨가 좋은 것이다. 출근할 때 만나는 모습이 하루 날씨를 알려준다. 나는 매주 이곳에서 한 장의 사진을 찍어 기록하고 싶었으나 게으름에 이루지 못했다. 이곳을 지날 때면 오른쪽으로 한라산이 보인다.

물영아리 오름

제주에는 360개 이상의 오름이 있다. 그중에는 인기 있는 오름도 있고, 개인 사유지라 사람들에게 알려지지 않은 곳도 많다. 그 수많은 오름 중에서도 특히 물영아리 오름을 좋아한다. 제주에 와서 처음 올라간 오름이라 더 그런 것인지도 모른다. 이곳은 비 내리는 날에 더욱 자신의 가치를 잘 보여준다. 특유의 운치가 마음에 오래 남는다. 신발이 축축하게 젖어 들지라도 오름이 뿜어내는 온기에 위로가 된다.

금능해수욕장

'우리가 사랑하는 금능'. 난 이 문장을 좋아한다. 협재해수욕장은 늘 관광객으로 붐비는데 그나마 인근의 금능해수욕장은 한적한 편이다. 이젠 사람들이 많아졌지만 말이다. 멍하니 캠핑 의자 하나 펼쳐놓고 앉아 커피를 마시며 바라보는 비양도는 아름답다. 제주 노을은 눈으로 담아야 진가가 발휘된다는 것을 알려준다.

별방진

세화에서 하도로 가는 해안도로를 타면 거대한 성벽이 나오는데 여기가 별방진이다. 성벽을 올라가면 동쪽 바다와 알록달록 하도리 마을이 보인다. 혼자 올레길을 걸을 때 성벽에 앉아 잠시 땀을 식혔던 순간이 아직도 잊히지 않는다. 유채가 필 때 특히 아름답다. 그래서 그런지 유채꽃 시즌에는 외로운 성벽에 잠시나마 사람들의 온기가 들어찬다.

바빠요

여유롭고요

1. 바쁜 일상 속에서도 여유를 잃지 말기
2. 조급해하지 말고 한 번 더 숨 고르기
3. 초심을 잃지 말기
4. 주어진 상황에 늘 감사하기

왜 시작하고, 왜 선택했냐는 물음에 허허실실 "몰러 어쩌다 보니"라고 답했다. 마음이 건강해져서인지 곰곰이 생각해봐도 딱히 이유를 찾을 수가 없다. 그냥, 좋아서라는 말로 예쁘게 포장하고 싶다가도 답을 낼 수 없는 것이 생긴다.

바빠 보인다는 이야기를 바쁘지 않을 때 들으면 '왜 그렇게 생각하지?' 하고 나를 돌아보게 되는데, 요즘은 그럴 새도 없이 정말 바쁘다. 내가 바쁨을 느끼는 기준은 여가를 즐길 시간이 없다는 데에서 나온다. 책을 읽을 시간이나 글 쓸 시간이 없다. 의도치 않게 지인들과의 일정을 잊는다.

좋아하는 일을 할 수 있다는 것은 감사할 일이다. 그보다 먼저 좋아하는 것을 찾았다는 것도 감사할 일이고. **그래서 잘하고 싶고, 그래서 조바심이 난다.** 시간이 너무 빠르다. 내가 시간을 관리할 수 있어 좋은 만큼 나를 더 다그쳐야 할지도 모른다.

(바빠서 좋다고 말하는 지금, 사실 나는 침대 위에.)

연세年稅

월세나 전세 개념이 익숙하던 내게 제주의 부동산 문화는 낯설기만 했다. 제주는 1년 치 세를 한꺼번에 지불하는 연세 문화가 익숙하다. 처음 제주에 와 독립할 집을 알아보면서, 독립도 처음인데 연세라는 문화까지 낯설어서 애를 먹었던 기억이 난다.

제주라는 독특한 장소에서 나는 수없이 많은 처음을 함께했다. 입도해 독립하고 연세를 내는 자취를 시작했다. 절대 적응하지 못할 거라고 생각했던 집에 점차 적응했다. 새로운 집으로 이사한 뒤엔 다시 새집에 적응했다. 제주에서의 시간은 이렇게나 빠르게 흘렀다. 분명 쉽지만은 않았다. 힘들고 지치고 어렵고 불편했다. 그러나 제주라서 그랬던 것은 아니다. 모두 처음이라서, 내게 남은 처음들이 이렇게나 많았기 때문에 힘들었다. 그럼에도 나는 무사히 그 긴 터널을 지났다. 분명 쉽지는 않았다.

과거의 기록을 들추면 과거의 감정이 떠올라 좋다. 그때의 감정이 어떻든 지금의 내가 조금이라도 달라진 기색을 발견할 수

있다는 사실만으로도 충분히 기쁘다. 여전히 정리할 것들이 많이 남아 있다. 그것을 정리하면 나는 다시 한 살을 먹게 될 것이다. **마음을 덜어낸 만큼 채우지는 않겠다고**, 이건 2021년 끝물의 다짐.

나에 대해 알아갈 수 있어서 좋았다.

시작은 삼도동에서

제주에서 살면 바다가 보이는 집이나 타운하우스에 살게 될 것 같지만 그런 삶은 드라마에나 존재한다. 심지어 나는 여전히 맥(도날드)세권과 스(타벅스)세권, 올(리브영)세권을 좋아한다. 제주 시내는 구제주와 신제주로 나뉜다. 유럽의 많은 도시들이 구시가지와 신시가지로 나뉘는 것처럼 말이다.

나는 구제주인 삼도동에서 제주살이를 처음 시작했다. 회사와 가까운 곳이기도 했지만, 집을 구할 때 삼도동의 골목골목을 돌아다니며 저 예쁜 지붕들이 아주 오랜 이야기를 품고 있을 것만 같다는 생각에 마음이 푸근해져서 그곳에서 나의 처음을 시작하기로 했다. 여행자들에게는 애월, 함덕, 성산 등등 유명 해수욕장이 위치한 동네 혹은 맛집이 많은 동네가 대체로 잘 알려져 있다. 그러니 삼도동은 머무는 곳이라기보다는 스쳐 지나가는 곳이었을 것이다.

14

삼도동에서 멀지 않은 거리에 공항이 있다. 나는 아침마다 조깅을 하며 도두해안도로까지 걸어가 공항 활주로가 보이는 곳을 달렸다. 그곳에선 공항을 빠져나오는 사람들의 들뜬 기분을 느낄 수 있다. 그럼 이내 그런 생각이 들었다. '부럽다 여행 와서.' 여행자가 아닌 생활자로 제주에 머물게 되니, 가끔은 떠나고 싶은 여행지를 잃어버린 것만 같은 기분을 느꼈다. 렌터카를 타려고 직진하는 사람들, 캐리어를 끌고 뛰어가는 사람들 사이에서도 도민들은 버스를 타거나, 오랜만에 가족들과 만나 반가움을 드러낸다. 나는 그 모습을 관찰자라는 살짝 애매한 위치에서 보게 된다.

그래도 벚꽃이 필 적엔 사람들로 삼도동이 북적인다. 고향이 진해인 나는 웬만한 벚꽃에는 눈 하나 깜짝하지 않는데, 지붕 아래로 피어나는 제주 특유의 벚꽃은 또 다른 들뜸을 주었다. 평소 차가 막히지 않던 전농로도 이 무렵에는 도로가 미어터진다.

제주의 매서운 바람을 흠뻑 맞으며 입도한 첫날, 봄의 목전이었기에 '삼도동에 살고 있어요'라고 말할 수 있게 되어 기뻤다. 맛집이 있다거나 제주 여행의 필수 코스로 불리는 동네는 아니었지만, 뚜벅이 여행자들이라면 한 번쯤 버스를 타고 스쳤을 것이다. 제주 시외버스터미널은 삼도동 인근에 위치하고 있다. 커다란 버스터미널 옆엔 기사들이 포진해 있어서 저렴한 백반집이 많다.

과거, 제주 여행자였던 시절에 버스를 갈아타러 들렀다가 방문하게 된 밥집은 매일 점심을 해결하는 단골 식당이 되었다. 가끔 어머님이 무심결에 얹어주는 계란프라이가 유독 정겹다.

제주는 변화가 잦다. 관광지라서 한 달에도 수십 개의 카페가 생겼다가 사라진다. 카페와 커피를 좋아하는 나는 여행자 시절에는 제주에 가면 들를 카페 리스트를 빼곡하게 적어두기도 했다. 그러나 삼도동은 무언가 생겼다 사라지는 숨 가쁜 회전이 더뎠다. 천천히 오래 걷고 있는 사람이 많았다. 일찍 오픈하고 오래 영업하지는 않지만, 자신만의 속도로 자리를 지키는 곳들이 있었다. 생활자로서 삼도동에 살며 나에게도 소중한 공간들이 하나 둘 생겼다. 바다 전경이 보인다거나, 특유의 돌담이 있는 곳은 아니지만, 자신만의 매력이 있는 장소들이었다.

레이지커피는 삼도동에서 제일 처음 방문한 카페였다. 그리고 정말 하루가 멀다고 방문한 곳이기도 했다. 매일같이 30분씩 머무는 나를 관찰자 시점으로 봐온 사람들은 머지않아 조심스레 따스한 물음을 건넸다.

"무슨 일을 하세요?"

"밥은 드셨어요?"

낯가림이 심해 메뉴판만 보면서도 아이스 아메리카노를 시키

는 나를, 그리고 조용히 커피만 마시고 가는 나를 신기하게 여겼다. 안부를 물어도 단답형으로만 답했으니 무심하게 보였을지도 모르겠다. 그들의 다정한 안부 인사 앞에서 점차 마음의 문을 열게 되었다. 아무리 혼자 있는 것을 좋아하는 사람이라고 해도, 타지에 살면서 절대 혼자일 수는 없었다. 알고 지내는 사람이 단 한 명도 없던 그곳에서, 봄처럼 그 친구들이 나에게 피어났다.

무상찻집은 언제 가도 차분한 찻집이다. 흥분한 마음을 가라앉히기 위해 들어가도, 들뜬 마음으로 찻집에 들어서게 되더라도 주인의 일정하고 차분한 톤에 나까지 금세 차분해진다. 찻집이라고 하면 꽃이나 나비 그림이 있을 것 같지만 심플하고 단정하다. 햇살이 아름답게 내리쬐어 햇살 맛집이라 느껴지는 이곳에서는 차를 시켜야 할 것 같지만 나는 꿋꿋하게 아이스 아메리노를 홀짝거리며 멍때린다.

한 번은 친분을 쌓게 된 아는 동생이 퇴근길에 연락을 해왔다.

"저녁에 집아페서 봐요!"

"우리 집 앞이냐?"

"이 누나 왜 이렇게 김칫국 마셔? 내가 누나 집 앞을 왜 가요? 식당 이름이 '집아페'라구요!"

아이고 참나.

집아페는 정말 집 앞에 있을 법한 가게처럼 테이블 몇 개밖에 되지 않았지만, 시원한 생맥주와 분위기가 매력적인 이자카야였다. 특히나 김마끼가 맛있었다. 이후 큰 스크린으로 보여주는 야구를 보며 종종 혼술을 했다. 이런 이자카야의 좋은 점은 혼술을 하다 보면 자연스레 사장님과 친해질 수밖에 없다는 점이다. 단골이 되면 알게 모르게 초밥이 한 조각씩 더해진다는 사실. 그러나 소셜 미디어에서 알려지며 한순간에 여행자들로부터 폭발적인 사랑을 받게 되었고, 그 이후로 포장으로만 집아페의 음식을 먹을 수 있었다. 사장님도 "가게 문을 연 지 꽤 되었는데 왜 이제야 사람들이 많이 올까?"라고 했다. 기쁜 마음과 더불어 정작 단골들이 먹지 못해서 아쉽다는 아쉬움이 공존하는 듯했다.

좋아하는 곳을 소개하는데 탐라가든을 빼놓을 수 없다. 탐라가든은 이름만 보고 정원이나 돌석상, 정자를 상상하게 될 수도 있지만, 실상은 상상과는 거리가 멀다. 탐라가든의 입구 앞에 놓여 있는 돌하르방에서는 세월의 흔적을 엿볼 수 있다. 유리창 곳곳에 붙은 메뉴의 글자들도 어느 곳은 떨어져 나갔지만 '양념갈비'라는 네 글자만큼은 확실하게 붙어 있다. 제주는 인분 대신 '대'로 갈빗살을 판다. 보통 1인분이 2대이고, 이곳은 1대에 220g을 기준으로 하고 있다. 소셜 미디어 사용량이 증가함에 따라 #맛

ADT

집 #핫플 #TV출연 등등의 무한한 정보 사이에 #도민맛집 찾아내기란 서울에서 김서방 찾기와도 같다. 그래도 탐라가든은 도민들이 인정하는 진정한 도민 맛집이다. 나 또한 여기에서 많은 추억을 쌓았다.

출근길에는 중앙초등학교를 가로질러 갔다. 중앙이라는 단어 때문인지 제주에서 가장 크고 학생들도 많을 것 같지만, 학교 크기에 비하면 학생의 수는 적은 편이다. 초등학교 앞에서 일하는 것은 생각보다 좋았다. 스트레스를 가득 받다가도 창문을 열면 운동장에서 깔깔 떠드는 아이들의 모습이 보였다. 가끔 옆에 있는 분식점에서 떡볶이를 사서 우리 가게 앞에 걸터앉아 먹는 아이들의 이야기를 엿듣기도 하고, 좋아하는 남자친구가 있는데 어떻게 할지 모르겠다는 이야기를 듣던 무심한 남자아이들 무리가 "지영이가 현우 좋아한대"라고 놀리고 가버리자, 이내 지영이가 얼굴을 붉히며 울음 터트리는 것을 보기도 했다. 저녁이면 학교 운동장은 동네 주민들의 만남의 장소가 되었다. 굳이 헬스장이 필요하지 않았다. 조깅과 경보를 하는 사람들은 서로 알게 모르게 경쟁하듯 미니 올림픽을 펼쳤다. 서울에서는 퇴근길이 워낙 번잡하기에 발걸음을 재촉하기 바쁘고, 말소리보다 음악 소리에 집중하게 되는데, 이곳에서는 나도 모르게 하던 것을 잠시 멈추

게 된다. 제주에 산다는 이유만으로 저녁 시간을 그렇게 보낼 수 있게 되었다. 해가 늦게 졌으면 좋겠다는 생각을 자주 했다.

여름이면 해가 길어짐에 따라 새벽부터 운동장이 북적였다. 골목길을 따라 출근하고, 회사 앞 주변을 빗자루로 휙휙 쓸며 업무를 시작하는 내 일상은 여전했다. 그렇게 몇 달이 지나 겨울이 왔다. 바람이 불지 않으면 그럭저럭 괜찮은 날씨인데 겪어본 적 없는 눈 폭탄이 내렸다. 운동장은 금세 자연 썰매장이 되었다. 운동장 곳곳에 썰매 자국이 남았고 저마다의 눈사람, 심지어 이글루까지 만드는 모습이 보였다. 계절이 바뀌었을 뿐인데 내가 보는 풍경이 달라졌다. 여전한 일상을 보내면서도 그 모습에 눈이 즐거웠다.

퇴근이 늦어지면 전깃줄 사이로 노을 위를 수놓는 비행기의 곡선을 볼 수 있었다. 정시에 퇴근하는 날에는 급히 탑동이나 이호테우로 향했다. 비행기가 뜨고 내리는 이호테우는 여름이면 주차장이 꽉 찰 정도로 사람들이 모였다. 너도나도 차에서 간이의자와 테이블을 펴 도란도란 저녁을 먹었다. 밤이 되면 탑동광장에는 젊은 친구들이 하나둘 모인다. 제주도민의 기분을 느껴보자며 부둣가에 앉아 분위기를 내는 여행 온 커플, 몇 안 되는 농구 코트에서 실력을 뽐내는 사람들까지. 어쩌면 각자의 마음속에 저마다의 페스티벌이 열리고 있는지도 모르겠다.

소셜 미디어에 자주 등장하는 관광지도 아니고, 여행자의 이목을 잡아끌 수 있는 곳이라곤 할 수 없다. 그래도 삼도동을 힙도동이라 부르며 애정을 갖고 살아가는 사람들이 오늘도 있다는 것. 그것이 나를 행복하게 만들었다. **공간을 향한 사람들의 애정이 그 공간으로 들어선 이방인에게 따스함이 되었다.**

표선리,

표류하지 않기

인생이 예정대로만 흘러가면 얼마나 좋을까. 퇴사를 앞두고 프리랜서가 되기로 결심했을 무렵엔 통장이 정말 텅장이 되어 있었다. 시내에서는 연세를 지불해야 했는데, 그럴 여유가 나에게 없었다. 어디로 갈지 고민하고 있을 무렵에 친구가 살고 있는 표선리가 눈에 들어왔다. 삼도동과 표선은 종이로 비유하자면 반을 접으면 딱 맞물릴 만큼 먼 곳이었다.

제주는 부동산 어플보다 교차로나 오일장 신문을 통해 괜찮은 방을 더 많이 찾아볼 수 있다. 또 동네를 직접 돌아다니면서 부동산마다 방문해 발품을 파는 게 더 좋다. 모든 집이 그렇듯 채광이 좋으면 좋고, 제주라는 섬의 특성을 생각하며 습기나 곰팡이가 있는 집은 피해야 한다. 개수대와 변기 물을 내려보고 콸콸 잘 내려가는지 수압 체크도 필수적으로 해야 한다. 그러니 확실히 이사는 귀찮다.

혼자 사니 짐도 별로 없을 것이라고 생각했는데, 1년간 삼도동에 사는 동안 그만큼의 짐이 늘어났다. 이사를 준비하면서 사람들이 자신의 집을 가지고 싶어 하는 이유를 이해할 수 있었다. 이 귀찮음, 이 스트레스, 새로운 환경에 적응해야 이 현실. 물론 돈이 넉넉하다면 이런 스트레스도 덜 받겠지만, 돈이란 넉넉할 일이 없는 애매한 존재다.

어릴 적에 할머니가 중요한 일이 있을 때 쓰라고 만들어준 도장을 들고 계약서를 쓰러 부동산에 갔다. 이사를 준비하며 들인 시간과 긴장감이 무색하게 계약은 후다닥 빠르게 끝났다. 연세를 내기 위해 버티듯 회사를 다녔고, 첫 집인 삼도동은 두 달이 넘게 알아봤으며 표선에 집을 알아볼 땐 한 달이 넘게 걸렸는데, 필요 서류들에 서명하는 시간은 단 10분이면 충분했다.

제주살이 2년 차. 삼도동을 벗어나 표선리로. 금전적으로 마음이 작아져도, 공간의 폭이 넓어졌다고 생각하기로 했다. **더 멀리, 더 깊게.**

쉬는 방법을 배워야 해, 캠핑에선

딱히 들떠서 좋아하는 것이 없다. 구체적인 어떤 것보다는 순간이나 상황을 좋아하는 편이다. 맥도날드 프렌치프라이에 밀크셰이크를 찍어 먹는 순간, 촬영이 끝난 뒤 코코팜을 들이켜는 순간, 스타벅스 커피를 한 잔 사 들고 드라이브를 하는 순간. 나에게 좋음은 애매모호한 것이다. 그래서인지 싫어하는 것 하나는 명확하다. 바로 이 싫음의 항목에 캠핑이 들어가 있었다.

방학이 되면 우리 가족은 배낭을 메고 여행을 떠났다. 초등학교 운동장에 텐트를 치기도 하고, 사진을 찍어야 하는 곳에서 텐트를 치고 자기도 했다. 내게 캠핑은 그 시절의 기억으로만 남았다. 그 이후에는 캠핑에 관한 추억을 만들지 않았다.

제주에는 캠핑을 취미로 삼고 있는 사람들이 많다. 제주뿐만 아니라 예전부터 어디에나 있었겠지만 내가 제대로 느끼지 못한 것일 수도 있다. 소위 말하는 캠핑은 장비가 중요하다. 또한 개인적인 관점에서 좋은 캠핑이란, 보기 좋게 꾸며서 몇 장의 사진을 남기는 것보다 잘 쉬는 것, 그리고 어떤 사람들과 함께하는지에 따라 달라지는 것이다. 아무리 열심히 준비해도 빠트리는 물건이 하나쯤은 있을 것이니, 그 캠핑에서 아쉬웠던 점은 다음번에 보완하며 채워 나가면 된다.

그래서 나는 다시 백팩을 들었다. 친한 친구들과 추자도로 향했다. 캠핑과 백패킹 경험이 거의 없는 내가 우려와 달리 잘 걷는 것을 보고 친구들이 놀랐다. 차가 없으니 가볍게 술을 마시며 걸을 수도 있었다. 열심히 아무 생각 없이 그저 걸었다. 비를 맞으면서는 살면서 이렇게 비를 맞으며 걸을 수 있는 시간이 얼마나 남아 있을까, 라는 생각을 했다. 제주는 날씨가 변덕스러워서 촉각을 곤두세워야 했다. 비가 많이 내려 텐트를 어디에 쳐야 하나 걱정하던 차에 하늘이 맑게 개기도 했다. 티셔츠를 훌러덩 벗고 친구들이 바다로 뛰어드는 것을 보았다. 과연 내가 캠핑을 이어 나갈 수 있을까? 가볍게 오래 걸었으면 좋겠다. 물론 그래도 나는 아직 미숙하지만.

"너 나한테 왜 백패킹 가자고 했어?"

"……."

"우리 집에 언제 가?"

"아직 아냐."

"역시 캠핑은 나랑 안 맞아."

이 지난한 캠핑과 백패킹 과정을 통해 알게 된 사실이 하나 있다. 내가 여전히 잘 쉴 줄 모른다는 것. 주말에도 꽉 채워 쉬는 것보다 '무엇'을 하는 편이 더 생산적이라고 생각하는 편이었다. 잘 쉬어야 그 에너지로 나아갈 수 있는 것인데 마음 편히 쉬지 못했다. 예전보다 많이 나아졌음에도 불구하고 여전히 나는 캠핑의 쉬어감을 제대로 누리진 못했다. 잘 쉬는 법을 찾아 긴 터널을 걷고 있다. 그래도 잘하고 있다. **여전히 도전하고 있으니까.**

완료형
습관

좋아하는 것을 곁에 두고

오래 걷는 방법

결이 맞는 사람들과 선을 넘지 않고

오래 걷는 방법

보이지 않는 길을 걸어가도

나 자신을 믿는 방법

사진, 여행의 진행형을 위하여

엽서, 여행의 완료형을 위하여

음식을 맛있게 먹는 법

언제부턴가 속이 좋지 않았다. 저녁 식사 후에 배가 아파지다가 먹은 것을 올려내는 일이 빈번해졌다. 병원에서 의사 선생님과 이런저런 이야기를 나눈 결과, 내 식습관에 문제가 있다는 사실을 알게 되었다.

"음식을 재밌게 먹는 법을 모르시네요."
"먹는 걸 별로 안 좋아해요. 그런데 체중은……."

괜히 체중계 탓을 하는 나를 보며 간호사님은 옆에서 키득키득. 의사 선생님은 내 식습관을 보면 위가 안 아픈 게 이상한 것이라고 했다. 처음 자취하는 사람들이 제대로 안 챙겨 먹어서 나타나는 증상이자, 택시 기사님들에게 많이들 나타나는 증상이라고도 덧붙였다. 좋아하는 음식만 먹고 식습관은 불규칙하며 때때로 과식까지 하느라 위가 망가진 것이다. 술을 멀리하고 살아서 괜찮을 거라고 생각했는데 별개의 문제였다.

그래서 의사 선생님이 내려준 몇 가지 팁을 공유하려고 한다.

√ 음식을 먹을 땐 음식에 집중할 것. 밥을 먹은 뒤에 무엇을 할지, 내일은 또 뭘 할지 등등 잡다한 생각은 하지 말 것.

√ '맛있다'는 감탄사를 자주 입 밖으로 낼 것.

√ 저녁을 먹은 뒤 바로 운전하지 말고, 5분 정도 휴식을 취한 후에 운전할 것.

√ 좋아하는 음식이라도 소식할 것. 차라리 여러 번 나눠서 먹을 것. 먹기 싫은 음식은 억지로 먹지 말 것.

그 대화는 나에게 일종의 소화제가 되었다. 사진작가는 **체력이 우선**임을 명심해야지.

나라는

숲

"취미가 있으세요?"

"저는 사진 찍는 걸 좋아합니다."

"얼마나요? 얼마나 오래 찍었어요? 정말 좋아해요?"

"네?"

캠핑과 관련된 일을 하는 대표님과 숲을 걸을 때였다. 그 길을 걸으며 연달아 받게 된 질문들은 하나같이 당황스러운 것들뿐이었다. 모호하고 감성적인 답을 원하는 것은 아니었고, 하루에 백 장 정도 사진을 찍을 정도로 사진을 좋아한다는 정량적인 수치를 묻는 것도 아니었다. 말 그대로 '사진'에 관한 나의 진심이 궁금해 던지는 질문이었다. 개인적인 호불호가 지극히 약한 나의 유일한 취미이자 좋아하는 활동이라고 할 수 있는 사진에 관한 진심을 묻는 듯하여 나도 모르게 조금 당황하기도 했다. 그와 대화하며 그 질문의 의미를 더 깊이 이해할 수 있었다.

"요즘 캠핑이 붐이잖아요. 그런데 캠핑 자체를 즐기는 사람보다 괜찮은 브랜드에 혹해 장비를 가득 쟁여놓고, 오랫동안 캠핑을 즐기지 않는 사람들이 많아요."

"장비라도 사야지 캠핑을 향한 한 발을 떼는 거 아닐까요? 나에게 좋은지 맞지 않는지 시도하는 과정일 수도 있으니까요."

"캠핑이나 트레킹은 자연에서 온전히 내가 되는 시간을 가지는 거예요. 경험을 통해 필요한 것들을 하나씩 구매하고, 필요를 알게 되는 시간이죠. 많은 사람이 그런 시간을 가지지 못하는 것 같아서 괜히 아쉬워서요."

그는 가볍게 텀블러와 에너지바 딘 두 개만 챙겼다. 그렇다. 요즘엔 취미 부자들이 많다. 예전에는 하나를 끈기 있게 하는 지구력과 인내심을 중요시했지만, 이제는 다양한 것을 접하고 하고 싶은 목록들을 만들어 즐길 수 있는 삶이 유행처럼 번지고 있다. 물론 둘 다 나쁘진 않다. 각자에게 맞는 성질이 있을 것이다. 취미가 많으면 하나의 분야에 흥미가 떨어질 때쯤 또 다른 걸로 생기를 찾을 테고, 그 과정에서 나름의 지구력이 생기게 될 것이다. 또한 좋아하는 것을 곁에 두고 꾸준히 오래 하는 것도 절대 쉬운 일은 아니다. 이건 인간관계에도 적용되는 부분이다. 새로운 사람과 대화를 나누고 낯선 세상을 엿보는 일은 어우러져 살아감에 있어 필요한 일이다. 내 세상을 조금 더 확장해줄 것이니. 그렇다면 깊이는? 결이 맞는 친구들과 오랫동안 발맞춰 걸으며 우리는 깊이를 가지게 될 것이다. 무엇이든 자신만의 세계를 만들기 위해서 필요하다.

후에 그 길을 혼자 걸었다. 사진과 나 사이의 지구력을 기르려면 무엇이 필요할까? 아마 타인의 눈치를 보지 않고 내가 원하는 것을 나의 시선으로 찍어내는 과정이 필요할 것이다. 화려하고 경이로운 순간을 기록하고, 내내 곱씹는 사람들이 많다. 하지만 사실 나는 필름 카메라 하나만 들고 골목길을 걸을 수 있다면 충분히 행복해진다. 매번 같은 지붕, 같은 골목길이라도 그 순간이 좋다. 온전한 순간을 누릴 수 있다면 그걸로 충분하다. 반복되는 일상이 나에겐 어느 무엇보다 가치 있고 소중하니까. 누군가는 지루하게 바라볼 수 있는 느린 리듬의 고요함이 값지다. 카메라에 일상을 담겠다는 생각이 쌓이고 쌓여 나의 지구력이 되었다.

좋아하는 것을 기록하며 아주 오래 걷고 싶다.

문제해결 능력

주체가 되는 일을 하게 되었을 때의 장점은 시간 위에 내가 서 있다는 감각이다. 회사에 다니면서 나는 자주 시간에 깔려 있었다. 혹은 숨 가쁘게 쫓기곤 했다. 시간을 다룰 수 있는 나의 일을 시작하면서 문제해결 능력의 중요성을 새삼 알게 되었다. 나은 사람이 되어가는 과정이 어떤 위기나 문제가 발생했을 때 어떻게 대처하는지에 달려 있는 것처럼. 나만의 의견을 고집할 것이 아니라 다양한 사람들과 소통해 의견을 교환하고, 그 과정에서 가장 나은 방안을 도출해야 한다. 나는 다소 감정적인 편이라 문제가 발생하면 쉽게 흔들린다. 그러나 나에겐 냉철히 상황을 파악할 수 있게 돕는 동료들이 있다. **때로는 둥글게, 때로는 날을 세워서.** 피하지 않고 직면하고 있다.

느림에 대하여

혼자 사는 사람이라면 한 번쯤 배송으로 난처한 경험을 해보았을 것이다. 직장인 대부분이 재택근무를 하지 않기에 (코로나19로 재택근무를 하는 사람들이 늘어나긴 했지만, 이 전염병에도 불구하고 꿋꿋하게 출근해야만 하는 현실 직장인들이 더 많다는 것을 아주 잘 알고 있다) 출근 시 우편과 댁배를 받기 힘들다. 그래서 배송지를 회사로 하는 경우도 많다. 나의 경우에는 실내가 아닌 바깥 촬영이 많고, 카메라를 들고 여기저기 돌아다녀야 해서 그런 잔머리를 굴릴 수도 없다.

최근에는 신용카드를 갱신했다. 카드를 전달받을 때는 본인 확인 절차가 필수인데, 역시 그날도 나는 집에 없었다. 나는 그 카드를 김녕해변 등대 아래에서 집배원에게 받았다. 드라마 속 한 장면처럼 낭만적인 카드 전달이 아닐 수 없었다. 이런 상황이 자주 발생하니 제주에서는 택배 기사의 연락처를 알아두면 좋다.

도선료에도 추가 운임이 붙는다. 특수한 상황에 놓이면 소비에도 전과 다른 신중함을 기하게 된다. 쉽게 사고 말았을 것들이라도 필요를 따진다. 제주에는 없는 이케아의 제품 배송비는 1톤 트럭 기준으로 10만 원이라서 애매하게 구매하면 배보다 배꼽이 커지는 아이러니한 상황을 만나게 된다. 그래서 이케아에 뜻이 있는 친구들을 모아 필요한 제품들을 모아 우리 집으로 주문한 적도 있다. 그런데 세상에. 이케아는 제품을 고객에게 전달할 때 제품을 하나하나 보여주고 확인을 하는 게 아닌가. 우리 집은 금세 친구들이 주문한 가구와 물건으로 들어찼다. 부득이하게 그들의 취향을 내가 먼저 확인하는 시간을 가질 수 있었다. '이런 건 왜 산 거야, 이건 또 왜 샀대?' 하며 얼마나 키득거렸는지.

배달 안 되는 것들은 육지에 가서 사서 오거나, 중고 마켓을 이용하기도 한다. 다행스러운 점은 내가 인터넷 쇼핑을 즐기는 성격이 아니고, 배달 음식도 그리 좋아하지 않는다는 것이다. 그래도 가끔 하루라도 빨리 받고 싶은 물건이 생기면 초조한 마음을 숨길 수 없다. 빠른 것 하나는 어디에도 뒤지지 않던 서울살이를 지나, 나는 이곳 제주에서 느림을 누리고 있다. **때로는 초조하게 때로는 느긋하게.** 아마도 이게 느림의 미학이 아닐까?

물론 그래도 정말 필요한 건 2주 전에 구매해야 하는 부지런함은 필수!

하루 기록

침대에서 오른쪽으로 돌아눕는다.

햇볕이 얼굴 위로 쏟아진다.

기지개를 켜고 일어나 세탁기를 돌린다.

세탁기가 돌아가는 동안 졸음을 참지 못하고

잘까 말까 고민하는 순간,

머릿속을 파고드는 '자영업자야! 정신 차려~' 하는 메아리.

졸음을 물리치고 커피를 내린 뒤

오늘도 내 친구 TV를 켠다.

촬영이 없는 날에는 이 상태가 이어진다. 책상 앞에 앉아 종일 사진 정리와 보정을 하면서 하루를 다 쓴다. 촬영이 있다면 촬영을 하러 가거나 답사를 나간다. 회사처럼 명확한 출퇴근 시간과 점심시간이 있는 것은 아니지만, 그래서 규칙과 루틴을 만들어 생활하는 역할도 나의 몫이다. 여전히 나는 프리랜서 생활에

Cafe

skylife

적응 중이다. 온탕과 냉탕을 넘나들 때가 아직도 많다. 말이 좋아 프리랜서지 일이 없으면 영락없는 백수 신세다. 일이 없는 날에 쓰레기를 버리기 위해 후리스를 입고 슬리퍼를 질질 끌고 집 앞으로 나가면, 세상에! 백수도 이런 백수가 없다.

겨울에는 햇볕이 들어오는 시간이 여름보단 늦어져서 자연스레 늦잠이 는다.

이런 곰탱이!

3장

나는 너와 우리가 되고

어느 겨울에

지난날의 회사 생활과 그때의 시간을 다 잊고 살 수는 없다. 제주에서의 삶을 선택하지 않았다면, 나는 어떻게 되었을까? 과연 잘 살 수 있었을까? 그런 생각들을 종종 하지만, 생각을 하는 것만으로도 피로해지므로 다시 그 생각으로부터 달아나려고 한다.

몇 해 전의 11월이었다. 그날은 몹시 추웠다. 회사 내부 조직 개편과 더불어 이듬해 상반기 계획안, 제안서 작성 등으로 분위기가 뒤숭숭했다. 퇴근길에 선배가 소주 한잔하자며 나를 잡아끌었다. 한 잔은 두 잔이 되고 두 잔은 어느새 몇 병으로 불어났다. 잔뜩 취한 나에게 집으로 가는 택시비 하라며 선배가 쥐여준 돈이 그렇게 서글프고 뭉클했다. 나에겐 그 장면이 한 장의 사진처럼 남았다.

정품·정량
WON
LITERS
경유
Diesel
경유
Diesel

151
극동여객

폭설이 내렸다. 수도권이면 지하철이 있어 출퇴근 시간이 지연되더라도 큰 무리는 없다. 하지만 이동 수단 대부분이 버스로 이루어진 제주는 달랐다. 눈이 오는 날, 제주 도로는 감히 최악이라 말할 수 있었다. 이런 날에는 뜨끈한 게 당긴다며 일찍 퇴근하고 싶어 하는 후배의 말에, 눈치 없는 선배인 나는 눈을 번뜩였다. 회식 아닌 회식을 하고 집으로 가는 길에 몇 해 전 11월이 그렇게 생각이 났다. 정확히 말하면 그날의 추위와 '그 선배'가 생각났다.

택시를 잡아 후배에게 택시비를 쥐여주니 후배가 말했다.
"선배 카카오 자동결제 됩니다."

아이고, 내 낭만……. MZ세대와 일하기는 힘들군.
(그러는 나도 사실은 MZ세대.)

떠나는 사람,
남겨진 사람

제주에서 살기로 결정하고, 짐을 싸고 있던 나에게 고모가 그릇을 건네며 말했다.

"이건 네 그릇이니까 들고 가."

그게 무슨 소리인가 싶었다. 내 접시랄 것이 있었나, 하고. 생각해보면 우리 집은 가족끼리 밥을 먹을 때 유독 접시를 많이 사용했다. 설거지 담당인 나는 왜 이렇게 접시가 많냐며 투덜거리기 일쑤였다. 그런데 그 이유를 떠날 때가 돼서 알게 되었다.

"엄지야, 너 기억나니? 뭣도 모르고 서울 처음 올라와서는, 촌티까지 팍팍 났잖아. 그런데 밥 먹으면서 눈치까지 보는 거야."

처음 서울로 상경했을 때 나는 혼자가 될 수도 있었다. 그러나 고모와 고모부의 배려로 그들의 집에서 혼자가 아닐 수 있었다. 고모부와 나는 식성이 같았다. 내가 좋아하는 반찬을 고모가 해주셔도 고모부가 후다닥 드시니 손조차 못 대는 것을 고모가 눈치챘다고 한다. 아무리 고모부와 친하다고 해도 상경해 얹혀사는 처지에 눈치가 보일 수밖에 없었다. 그 이후로 고모는 어떤 음식을 해도, 심지어 계란프라이나 스팸 하나를 구워도 각자의 할당량을 정해 접시에 나눠주었다. 양념장도 다 각자의 접시에 덜어져 있었다. 우리 고모는 그런 사람이었다. 어떤 순간에도 내겐 고모부와 고모가 있었다. 시집가기 전에 나가서 미안해요. 시집을 못 갈 것 같았어요…….

고모 집을 완전히 나선 날, 아침 일찍 제주행 비행기를 타러 인천공항으로 갔다. 집에는 어느 무엇보다 밥솥이 먼저 들어가야 한다는 엄마의 말에 밥솥을 비롯한 반찬거리를 한가득 싣고 공항으로 향했다. 10년 동안 살았던 서울을, 그리고 고모 집을 떠난다는 사실을 실감하고 슬퍼지려 했을 찰나, 공항에서 밥솥을 넣은 상자 하단이 터지면서 밥솥과 반찬들이 우르르 쏟아졌다. 고모와 고모부 그리고 나는 '우하하' 하며 웃고 말았다.

제주로 들어온 뒤 때맞춰 내가 살 집으로 우체국 택배 스무 박스가 도착했다. 우체국 아저씨는 뭐 하는데 이렇게 택배를 많이 시켰냐며 묻다가, 입도를 했다는 말에 축하 인사를 건넸다. 그제야 제주로 들어온 것이 실감이 났다. 짐을 어느 정도 정리한 뒤엔 고모부가 배가 너무 고프니 일단 뭐라도 먹자고 몸을 일으켰다.

우리는 제주에서 유명한 음식점인 우진 해장국으로 향했다. 그때 처음 몸국과 고사리 육개장을 먹어보았는데 그렇게 맛있을 수가 없었다. 고모와 헤어지는 슬픔도 잠시 접어두고 두 그릇을 뚝딱 해치웠다. 짐을 정리하고, 청소까지 한 뒤 다음 날에 고모와 고모부는 다시 서울로 돌아갔다.

서울을 떠나던 인천공항에서도 눈물이 안 났는데, 고모와 고모부를 서울로 보내는 제주공항에서는 아이처럼 울음을 터트렸다. 나뿐만 아니라 고모도 그랬다. 마지막 모습까지 하나하나 눈에 담아 배웅한 뒤 집으로 돌아가는 버스를 탔다. 울먹이는 내 얼굴을 보고 기사 아저씨가 물었다.

"남자친구랑 헤어졌어요?"
"남자친구 없어요, 흐어어엉."

혼자지만 혼자가 아닌 1

사람은 필시 혼자이고 싶지만 절대 혼자일 수 없다.

관계라는 것이 그렇다. 나는 서울에서 대학을 나오고 직장을 다니며 고향에서보다 더 긴 시간을 서울에서 보냈다. 20대를 지나 30대가 되며 걸러질 관계를 걸러내고 곁에 둘 사람들만 남았던 찰나, 제주로 왔다. 새로운 곳에 정착한다는 것은 그야말로 아무도 없는 무의 상태라는 의미다. 낯가림이 심해 매일 아메리카노만 한 잔씩 먹고 나오던 레이지커피는 나에게 친구를 만들어 주었고, 봄이 오기 전에 '87 모임' 친구들과도 인연을 맺게 되었다. 밥 한번 먹자고 했던 병준이와 인연이 닿고, 제주에서 했던 첫 강연에 단 한 명 있던 수강생 홍식이와도 친구가 되었다. 우리는 그렇게 만났다. 타지로 오게 된 같은 동년배끼리 서로 고민도 털어놓고, 무슨 일이 있으면 곧장 서로에게 달려갔다.

노로 바이러스에 걸려 새벽에 집에서 쓰러졌을 때, 친구들이 나를 데리고 응급실로 향했다. 긴 시간을 곁에서 머물며 외롭지 않게 자리를 지켜주었다. 친구의 제주살이가 1000일이 된 기념으로 교촌치킨으로 외식을 하러 가기도 했고, 제주에는 없는 파파존스를 먹게 해주겠다며 서울에 다녀올 때는 파파존스를 사서 오기도 했다. 때로는 야심 차게 캠핑을 준비했다가 폭우로 인해 침수가 되기도 했고, 술이나 한잔하자며 낮술을 거하게 마셨다가 텐트 치고 낮잠을 자기도 했다. 무엇보다 아침 일찍 일어나 다들 오늘도 으쌰으쌰 하자며 응원해주는 게 그렇게 고마웠다. 나이가 들수록 친구 사귀기가 어려워진다. 그래서 좋았다.

물을 좋아하지 않는 내가 물을 좋아하는 친구의 자유로운 모습을 눈에 담았다. 타인의 이야기를 누구보다 잘 공감하고 편히 이야기 나누게 하는 혜리를 만났고, 표선으로 이사 오면서 앞 동에 사는 유리도 만났다. 유리는 두부조림이 먹고 싶다는 내 말을 잊지 않고 해주고, 집에서 밥을 해 먹는 것이 어색한 내게 집밥을 자주 해줬다. 물론 같이 먹는 메뉴는 치킨일 때가 많지만.

그들과 일상의 사소한 부분을 나눌 수 있어 좋다. 어느 봄의 설렘처럼 내게 온 모든 것이다. **그들이 있어 미숙한 내가 있는 그대로 괜찮아진 것이다.**

혼자지만 혼자가 아닌 2

나이가 들수록 타인에게 나를 드러내는 것이 어려워진다. 마음 맞는 사람보다 맞지 않는 사람이 더 선명히 보이고, 나를 지키기 위해 사소한 부분에서도 까탈을 부리게 된다. 그러나 인간은 소통하고 관계를 맺으며 성장한다. 혼자가 좋을지라도, 대체로 홀로 시간을 보내더라도 우리는 사람이 필요한 사람이다. 나는 친구나 사람의 소중함을 오롯이 혼자가 된 이후 제대로 깨달았다. 사람은 사람으로 살아가는 것이구나. 사람으로 버텨가는 것이구나. 포기하고 싶은 순간에도 나를 일으켜주는 사람이 있다는 것만으로도, 저마다의 위로를 건네는 이가 있다는 것만으로도 하루를 살아가는 힘이 생긴다.

이제 와 돌아보면 제주의 친구들이 나를 버티게 했다. 그들이 없었다면? 그 가정을 상상조차 하기 싫으며 그 물음에 대한 대답을 편히 내놓을 수도 없다. 사실 그들을 처음 만나게 된 순간이 아직도 생생하다. 나는 제주에서 타지살이 중인 이들로 꾸려졌다는 그 모임에 나가지 않을 생각이었다. 하지만 모임의 저녁 메뉴가 '말 육회'라는 소식에 솔깃했다. 먹어본 적도, 구경해본 적도 없는 생소한 음식이 궁금했다. 즉, 친구를 사귀려는 의도보다 말 육회의 존재가 궁금해서 그 모임에 나가게 된 것이다. 그런데 그날 예상치 못하게 소중한 인연을 만들었다. 타지 생활을 하는 동갑내기. 우리는 그 공통분모로 빠르게 가까워질 수 있었다.

혼자 살면 밥을 먹는 것도, 내게 발생한 문제를 해결하는 과정에도 점차 익숙해진다. 삶에 맷집이 생긴다. 그런데도 아픈 건 왜 이리 서러운지. 그 서러움을 달래주고 손가락 하나 까딱하지 못하는 나를 데리고 병원으로 가고, 퇴근 후에 바다를 보며 치킨을 먹자고 해주는 그들이 늘 고맙다. 혹여라도 생일날 미역국을 못 먹을까 부랴부랴 아침 일찍 미역국을 건네고, 갑작스레 밤바다가 보고 싶어지거나 별이 보고 싶어지면 새벽에 홀연히 바다 혹은 1100고지로 향한다. 서른다섯. 나는 자유롭다. **철없이 낭만적이다.**

하나
그리고 둘

혼자 있고 싶지만

혼자 있기엔 외로운

굳이 관계를 맺어야 하나 싶지만

여전히 외로운

고산리
게스트하우스

낯가림이 무척 심한 편이다. 게스트하우스에 가도 조용히 쉬다가 떠날 뿐 여행자들과 친분을 쌓거나 대화를 나누지 않는다. 워낙 내 외모와 풍채가 독특해서 한두 명씩 말을 걸지만 긴 대화를 이어가지는 못한다. 그때는 제주에 살기 전, 제주 여행자였을 때였다. 나는 고산리에 있는 작은 게스트하우스에서 머물고 있었다. 스태프가 아주 다정하게 말을 걸어왔다. 그때 나눈 대화는 이상한 힘을 가지고 나에게 오랫동안 영향력을 행사했다. '제주에 얼마나 머무세요?', '어디를 다녀오셨어요?', '어디서 오셨어요?', '누구랑 오셨어요?' 그런 질문이 아니었다.

"왜 제주에 오셨어요?", "요즘 즐거운 일은 뭐예요?", "제주를 왜 좋아하세요?"

숱한 여행을 다녔지만 한 번도 그런 질문을 받아본 적이 없었다. 나도 모르게 숨을 깊게 들이마셨다. 그러게. 나 왜 왔더라. 사실 그냥 이유가 없는 것이 이유기도 했다.

"이유가 없어요."

"어쩌면 모든 일은 이유는 없어도 연관은 있을 거예요."

제주에 오게 된 이유를 물어본 사람은 그 사람이 처음이었다. 지금 그때를 다시 떠올리면 "너는 왜 여행을 왔냐?"라는 아주 본질적인 질문을 그 사람이 건넸던 것이다. 한 번도 자신에게 물어본 적 없는 질문을 받아 당황스러움을 느낀 것이다. 사람들은 여행에 갖은 미사여구를 붙인다. 나를 돌아보기 위해서라거나 나와 소통하기 위해서라거나. 그러나 사실 여행 또한 하나의 일상이라고 볼 수 있지 않을까. 꼭 유명한 곳에 방문하지 않아도 누군가의 삶의 흔적이 곳곳에 남은 하루를 엿보게 되니.

이렇게 생각하면 '여행'의 깊이를 쉽게 가늠하기 힘들어진다. 그런데도 사람들이 여행을 떠나는 이유는 각박한 도시에서 느낀 피로감을 잠시나마 잊어버리기 위해서일 것이다. 어디로든 좋으니 내가 머물던 곳을 떠나고 싶은 간절함이 여행을 애정하고 그리워하게 만든다.

다시 고산리를 방문했지만, 그 게스트하우스는 이미 사라진 뒤였다. 그 스태프도 다시 만날 수 없게 되었다. 그리고 **나는 여전히 내가 제주를 좋아하는 이유를 알지 못한다.**

그 여름의 생일

여름에 태어났지만, 겨울을 좋아한다. 여름에 태어났지만, 물을 싫어한다. 여기서 말하는 물에는 바다도 포함된다. 삶에 이런 저런 편식을 하며 살다가 어느덧 30대 중반이 되었다. 서른 다섯엔 남편이랑 고슴도치 같은 자식과 함께 밥 먹으며 생일을 보낼 줄 알았다. 뭐 아무렴 어때. 케이크 초를 불며 처음으로 소원을 빌었다.

내가 선택한 것에 후회 없게 살겠습니다. 주변 사람들에게 잘하겠습니다. 결이 맞는 사람들과 가볍게 오래 걷겠습니다. 계절을 그 계절의 온기에 맞게 즐길 수 있는 사람이 되겠습니다. 그리고 그 온기를 친구들과 함께 나누겠습니다.

하루하루, 소소하고 행복하다. 사람들은 저마다 코로나 이전의 여행 이야기를 한다. 저마다의 시간을 나눈다. 여행을 함께 떠나면 상대의 취향을 이해하고 문제를 해결하는 태도를 볼 수 있다. 누군가는 런던에 갔을 때 미술관을 가고 또 누군가는 서점으로 들어설 것이다. 지나간 시간은 함께하지 못했지만, **앞으로의 시간은 함께 걸어가기로 해.**

마음이 머무는 곳

출근길 5616번 버스를 타면
혼자 앉을 수 있는 뒤에서 두 번째 자리.
퇴근길 602번 버스를 타면 버스 기사님 옆에 있는 자리.
서울살이를 할 때 유독 그 자리들이 좋았다.

가끔 어떤 자리들이 좋다. 구체적으로 산뜻하게.
제주에도 왕왕 그런 공간이 있다.

누구에게나 그런 공간이 있다.
마음이 듬성듬성해질 때, 깊은 곳으로 가라앉고 말 때.
꼭 그럴 때 머물게 되는 공간이.
누군가에겐 영화관, 누군가에겐 이불 속, 누군가에겐 공원.
울고 싶을 때마다 나는 제주공항 건너편 도두동으로 갔다.
이상하리만큼 그곳에선 눈물이 났다.

도두동. 처음 제주에 입성해 살았던 집 근처,
종종 조깅을 하러 그곳을 찾았다.
떠나고 돌아오는 비행기를 보면 마음이 뭉클해졌다.

어떤 연락도 받고 싶지 않을 때
외부로부터 차단되고 싶을 때
그럴 때 나는 숲으로 갔다.
이상할 정도로 휴대폰이 잘 터지지 않는 그 숲에서
오롯이 혼자일 수 있었다.
탁 트인 들판에 캠핑 의자를 펴고
멍하니 그곳에 앉아 있으면 어느새 해가 지고 별이 뜬다.
생각으로부터 탈피하고 싶어 온 곳인데도
머릿속으로 들어차는 일 생각에 속상해지기도 했다.

그래도 나는 그 숲이 좋지.
숲에서 친구들과 만나기로 약속하면
언젠가 올 거라는 믿음으로,
오지 않으면 사정이 있을 거라는 이해로
그러려니 고개를 끄덕이게 되니까.

뜨거운 여름밤은 가고
남은 건 나뿐이지만

타이머를 맞춰둔 선풍기가 꺼지면 놀라울 만큼 정확히 눈이 떠졌다. 무심한 듯 발끝으로 선풍기를 다시 켜고 옆에 누운 너에게 이불을 덮어주었다. 허름한 모기장이 튼튼한 방어막이 되었고, 여름 바다 청춘들이 술에 취해 객기부리는 소리가 요란했다. 매미 소리는 배경 음악이 되었다. 여름을 같이 보낸다는 건 땀으로 축축이 젖은 티셔츠가 예뻐 보이고, 찐득해진 살결을 맞닿아도 사랑한다고 말할 수 있는 것이다. 어느 여름밤, 허름했던 놀이공원 회전목마 앞에 앉아 좋아한다고 고백했던, **그렇게 다시 여름밤이 찾아왔다.**

다시 올게요

제주에 살면서 모두가 나에게 제주에 관한 질문을 했다. 전에 다니던 회사의 부장님은 가족여행을 간다며 제주에 관해 묻고, 과장님은 바람 쐬기 좋은 곳은 어디냐고 묻고, 대리님은 여자친구와 데이트로 가기 좋은 카페가 어디냐고 물었다. 그럼 나는 내가 무슨 가이드나 여행사 직원이냐고 구시렁대면서도 결국 엑셀을 켜고 만다. 이런 나는 뭘까.

때로는 예상치 못한 사람들을 이렇게 아주 우연히 만나게 된다. 대부분 여행으로 오기에 밥 한번 먹자거나 얼굴 보러 오겠다는 연락을 해주는데 진심으로 그들에게 고마움을 느낀다. 여행으로 제주를 오게 되면 하고 싶은 것도, 가고 싶은 것도 많을 텐데 그 시간 중 일부를 나에게 내주겠다는 뜻이니.

Social Media Distancing

감정이 담긴 글들은 때론 누군가에게 상처가 된다. 때론 솔직함이 칼날이 된다. 솔직함이 나를 보호해주는 무기인 줄 알았던 때가 있었다. 하지만 인간이 쉽게 상처 입고 또 상처 입힐 수 있는 존재임을 알게 되면서 솔직함에도 정도가 있다는 것을 가슴에 새기게 되었다. 내가 소셜 미디어에도 솔직하게 글을 쓰지 않는 이유다. 써봤자 부정적인 이야기나 쓸 것 같다는 생각에 솔직함을 살짝 접어둔다. 괜찮은 관계와 평온한 삶을 유지하고 있으면서 굳이 소셜 미디어에 글을 쓰진 않을 테니.

대신 나는 **조금 더 내 하루를 살고자 한다.** 아침에 일어나 창문을 열고 들어오는 볕에 빨래를 돌리는 일상. 그러면 문득 '아, 내가 전보다 행복하구나' 느낀다. (그렇게 말하면서도 벗어나지 못한 것만 같은 기분이 드는 건 왜일까?) 가을, 제주. 반바지에 맨투맨을 입을 수 있는 몇 없는 좋은 날. 올해도 예쁘게 가을 제주를 접어야지.

담백하게 대화하는 법

많은 사람이 다양한 사람과 대화를 나눈다. 가족, 친구, 연인, 동료뿐만 아니라 낯선 사람들과도. 그러나 이 흔한 대화조차 쉽지 않다. 아무리 서로를 오랫동안 봐왔고 잘 알고 있다고 생각하는 사이라도 대화는 어렵나. 허심탄회하게 대화로 풀자고 해도 막상 속의 감정을 모두 꺼내 내뱉으면 결국 후회하게 된다.

그래서인가. 예전에는 술맛을 알고 조금 더 고급스러운 취향을 가진 사람들이 어른처럼 보였다. 그러나 이상하게 요즘엔 담백하게 대화를 나누는 사람들을 보며 '어른'이라는 단어를 떠올린다. 정말 신기하게도 말이라는 것은 작은 음절 하나로도 상대의 태도와 기분을 변화시킨다. 어떤 표정과 눈빛, 톤으로 건넸는지에 따라서도 의미가 달라진다. 어떤 말은 하지 않는 편이 좋지만, 어떤 말은 아무리 어려워도 나를 보호하기 위해 꺼내야만 한다. 언제쯤 할 수 있는 말을 하고, 하지 않아야 하는 말을 하지 않을 수 있을까? 언제쯤이면 담백하게 대화를 하는 사람이 될까?

아직 나는 말이 어렵고 말과 말이 오가는 대화는 더 어렵다. 과장하지 않고 **있는 그대로를 말할 수 있는 사람**이 되고 싶다. 잘 말하기 위해서는 잘 듣는 사람이 되어야 한다. 커뮤니케이션이란 일방적인 것이 아니라는 사실을 인지해야 한다.

한편으로 여전히 나는 내가 어른 같지 않아서, 그런 사람이 되면 어른이 되어버린 것 같아 조금 슬퍼질 것도 같다.

편해,
네가

근래 나는 '편안'이라는 단어에 매몰되어 있다. 누군가가 편안하다는 생각을 해본 적이 없기에 그 단어의 결을 제대로 알아차리지 못했다. 그러던 어느 날 친구와 대화를 하다가 "편해졌나 봐!"라는 말이 무심결에 나왔다. 그저 함께 사진을 찍었을 뿐이었다.

나는 사진을 찍는 사람이지만, 찍히는 일에는 하염없이 불편해하고 어색한 기색을 숨기지 못한다. 카메라를 잡은 주체가 아니게 되었거나, 그저 내가 피사체가 된 것뿐인데 '사진'이 낯설게 다가온다. 그래서인지 친구와 사진을 찍다가 그 말을 꺼내곤 문득 낯섦을 느끼게 되었다. 나의 무엇이 변화했거나, 나를 변화하게 할 정도로 편하게 만든 무언가가 있구나.

어떤 대화 없이 그저 소파에 누워 TV만 봐도 어색하지 않은 사이가 있다. 굳이 다정한 말을 주고받지 않아도 되는 그런 관계. 불편했던 순간이나 행동들이 자연스러워지고 구태여 애쓰지 않아도 마음이 벅차지기도 한다. 타인이 나로 인해 애쓰지 않아도 되는 느슨한 사람이 되고픈 이유기도 하다.

내 마음에 차곡히 쌓인 거절들을 통해 배운 게 있다면 세상은 좋아하는 마음으로도 되지 않는 게 있다는 것. 또한 울고 싶을 땐 울고, 화가 날 땐 화를 내야 한다는 것. 그렇게 건강해진 마음이 나를 더 나은 사람으로 만든다. 관계는 나 혼자만의 것이 아니다. 상호 간의 합의와 노력이 필요하다. 그래도 늘 마음은 기울기 마련이다. 내가 더 좋아하는 것 같다고 해서 너무 애쓰지 말기를. 애써 당길수록 그 선은 끊어지고 만다.

먼저 당신이 당신에게 편안해지기를.

4장

언제나 호시절

호시절을 향해

열심히 살면 뭐든 원하는 대로 될 줄 알았던 때가 있었다. 때로는 열심히 하는 것보다 '잘'이 중요할 때도 있다는 것을 알게 되기도 했다. 계획이 틀어지고 방향이 어긋나도 스트레스받지 않는 유연함이 필요하기도 했다. 그 시간들을 지나 온전한 나로 살게 되자 내게 주어진 하루하루가 도전이라고 느낀다. 처음 서른이 되었을 땐 앞자리가 바뀐다는 이유로 괜히 감정적이었건만 아무 일도 일어나지 않았다. 30대가 좋다. 잊고 있던 20대가 나를 이만큼 성장시켰다.

돌이켜보면 호시절이라 생각했던 순간들마다 내게는 한 페이지가 되었다. 후에 한 권의 책이 되었을 때 예쁘게 접힌 페이지를 만나게 되지 않을까. 오늘도 호시절을 향해.

누가 뭐라 해도, 최선을 다했다.

어설퍼도 어설프지 않게

어설프게 타인에게 내 감정을 말하지 않기로 했다. 이제 자신을 책임질 수 있는 나이가 되었으니 철 좀 들고 성숙해지자고 다짐했다. 하지만 역시 사람은 쉽게 변하지 않는다. 10년 전에도 사랑 앞에서 찌질했던 그 성격이 여전히 그대로다. 5년 전에도 관계 앞에서 실패를 맞았던 그 태도가 그다지 바뀌지 않았다. 다만 앞선 경험들과 다양한 시행착오를 겪으면서 맷집이 단단해졌을 뿐이다.

누군가는 나의 표면만 보고 혼자만의 시간을 가져보라고 충고하기도 한다. 이미 나는 충분히 혼자만의 새벽을 가지고 있으며 그걸 타인에게 하나하나 노출하지 않을 뿐이라는 말은 구태여 덧붙이지 않는다. 어설픈 조언이라면 가슴에 새기고 상처받지 말고 적당히 흘려 듣는 편이 좋다. 이제 '그냥 너나 잘하세요' 하고 넘길 수 있는 만큼의 여유가 생겼다.

물론 나도 마찬가지다. 어설프게 타인을 위로하려고 하거나 내 마음을 드러내려고 하지 않는다. 제주는 소문이 빠른 섬이니 더 주의해야 한다. 누구는 이렇고 저렇고 같은 괜한 말은 하지 않는 것이 좋다. (물론, 이건 제주뿐만 아니라 모든 곳에서 그렇겠지만.) 청자가 될 수는 있어도 화자가 되지는 말 것. 타인의 말을 누군가에게 전달하지 말 것. 나에게 시간을 내주는 사람을 알아보고 내가 시간을 쏟아도 고마움을 느끼지 못하는 사람을 걸러낼 것. 시간은 소중하니 나의 시간을 할애할 자리를 찾고 분배하는 것이 중요하다. **나는 그렇게 어른이 되어간다.**

내 삶의 주인

직장 생활을 할 땐 지긋하리만큼 '주인 의식'이라는 단어를 자주 들었다. 주인 의식을 가지고 업무에 임하라고. 그런 말을 들으면 오히려 부작용이 일어나 나도 모르게 반감을 품게 되었다. 이 회사가 내 소유도 아니고, 그렇다고 적절한 성과가 주어지지도 않는데 무슨 주인 의식이야, 했다.

누군가의 시절을 사진으로 기록하는 사진가로 살게 되면서는 변화를 겪었다. 나는 치열해졌다. 전보다 더 바쁘고 격렬하게 살면서도 마음은 건강해졌다. 충분히 행복해졌다. 매일 다짐했다. 바쁘니 더 정신을 차려야지. 고마움을 알아야지. **조금 더 진하게 사랑해야지.**

이젠 뭘 하고 싶은지, 아니 어쩌면 뭘 좋아하는지도 모르고 살고 있다. 술에 술 타듯, 물에 물 타듯. 내일도 열심히 놀아야지.

수영은 못 하지만 제주에 살고 있습니다

어렸을 때 물에 빠진 적이 있다. 물이 나의 몸을 완전히 잠식했던 그 순간엔 까무룩 의식을 잃었기에 머릿속에 남은 기억은 없다. 기억은 사라져도 공포는 깊이 뿌리내리는지, 그 이후로 물을 무서워하게 되었다. 차츰 자라며 물에 적응이 되면서 전보다 공포감이 줄어들었지만 물 안에서도 발이 닿아야 크게 불안하지 않았다. 이마저도 키가 작은 나에겐 들어갈 수 있는 깊이는 지극히 한정적이었다. 여행을 하면서 늘 아쉬웠던 것도 언제나 영어보단 수영이었다. 나도 남들처럼 호텔이나 리조트 수영장을 즐기고, 마음껏 물 위에 떠 있고 싶었다.

그런 내가 바다로 둘러싸인 섬에 살게 되었으니, 인생은 한 치 앞도 알 수 없는 놀라움의 연속인 것이 분명하다. 이곳의 사람들은 물 앞에서 언제나 자유롭다. 수영을 못 하고 싫어하기까지 하는 나를 제주 친구들이 바다로 이끌었다. 이유는 다소 단순하고 명쾌하다. 자신들이 스노클링하는 모습을 사진으로 담아달라는 것. 이 자식들…….

바다 수영은 확실히 수영장에서 즐기는 수영과 다르다. 일단 몸에 묻어나는 게 많아진다. 짜디짠 바닷물, 곳곳에 남은 모래알 등 인간에게 흔적을 남긴다. 내가 보기엔 역시 손이 많이 가고 번거로운 일이지만, 바다에 매료된 이들은 그 흔적조차 애정한다. 게다가 서핑은 잠깐 타고 넘어지는 것 같은데, 그 순간의 희열이 그렇게 좋은지 서퍼들은 연신 활기찬 얼굴을 하고 있다. 역시 아직까진 물음표투성이다.

“언니 그래도 지구의 90%가 바다인데, 요런 거 배워 놓으면 여행의 폭이 달라져요.”

그 말에 내 폭을 넓혀봐야 하나 싶기도 하고.

자라는 존재

확실히 30대가 좋다. 의미 부여를 많이 하는 내게 30살로 넘어오는 시기는 우울의 연속이었다. 내가 어찌할 수 없는 불가항력이 크다는 것을 느꼈다. 그리고 지나고 지난 지금 다시 생각한다.

확실히 30대가 좋다.

물론 40대가 아직 내게 오지 않았으니 가장 좋다는 말은 아껴두기로 한다. 언제나 치열했고 남의 눈치와 시선, 열등감으로 가득했던 20대를 지나 여전히 찌질하지만 점점 마음이 건강해져 가고 있는 지금. 즐겁다. 행복하다고 수없이 말하고 있으니.

김광석의 〈서른 즈음에〉를 자주 듣는다. 생각해보니 이 노래는 무려 내가 초등학교에 다니던 무렵에 나온 노래인데 여전히 사랑받고 있다니 대단하다. 아마 처음 서른을 겪는 사람들이, 여전히 서른의 언저리에서 방황하는 **사춘기 어른들**이 많아서겠지.

마음의 크기가 자란 것 같지만 그만큼 버텨내고 감내해야 할 것도 많아졌다. 짐이 많아지고 기댈 데가 없어진다.

10대 별거 아닌 것 같은 하루하루.

20대 무얼 해야 하고 어떻게 커야 하는지 고민하며 하루하루.

30대 자신만의 삶을 꾸리며 하루하루.

나이가 들수록 책임져야 할 것이 늘어난다.

무게감이 드는 나이인데 몸무게만 늘어나네.

시월의 어느 날

유난히 들뜬 여름이 내 곁에 머물렀다. 그래도 절기는 오고 가는 것이라 머지않아 옆자리를 떠났다. 더위 틈새에서 처서라는 가을 알림이 왔다.

여행을 좌지우지하는 것은 대체로 날씨다. 아무리 좋은 관광지라도 비가 내리거나 하늘이 흐리면 온전히 즐기기 어렵다. (물론 흐린 날씨를 좋아하는 사람도 분명 있을 것이다.) 날씨가 변덕스럽고 비가 쏟아지는 날이 잦은 제주를 오로지 '좋은 날씨'로만 기억할 수 있다면 그건 그 여행자의 운이 좋았던 거라고 확신한다.

11월의 제주는 비수기에 속한다고 한다. 으레 그렇듯 한겨울이 비수기일 줄 알았기에 놀라고 말았다. 단풍나무가 육지보다 훨씬 적어서라나. 단풍나무는 물을 머금고 있어야 한다는데 제

주는 화산섬이라 물이 아래로 숭숭 새고, 그런 이유로 육지만큼 화려한 색을 뽐내기에는 한계가 있다. 물론 단풍나무가 아름다운 곳이 몇 있기는 하다. 그래도 붉게 물드는 단풍잎은 자주 못 보더라도 언제 가도 마음이 온화해지는 숲이 있고, 나는 숲세권에 살고 있으니 충분하다.

마음에도 비수기가 있다. 물론 다 큰 어른의 사춘기는 계절을 불문하고 마음속을 불쑥 파고든다. 그러나 유독 가을에 우리는 공허해지고 이상하게 씁쓸해지기 일쑤다. 그런 정서는 트렌치코트를 입고 사색을 즐겨야만 할 것 같은, 에스프레소를 마시며 좋아하는 작가의 시집을 읽어야 할 것만 같은 기분에 사로잡히게 만든다. '이래야 가을이지!'라고 말해주는 가을만의 분위기가 있다.

'시월의 제주, 아름답다.'

씁쓸함을 품은 가을이라는 계절을 좋아하지 않았건만 제주의 가을은 또 달랐다. 시월의 제주는 너무나도 아름다워서 매일 감탄사를 반복해 내뱉었다. 떠날 수 없다는 마음이 역시 여전히 이어지고 있다.

'벌써 가을이 오는 건가? 아직 여름 같은데.' 이런 생각만 하고 있으면 가을은 벌써 저 멀리 달아나고 겨울이 당도해 있다. 그러니 내 앞의 시간을 잘 움켜쥐어야 한다. 어느 순간부터 시간이 나를 앞서가곤 했다. 매시간이 더디고 하루가 느리게 느껴졌던 적도 있는데, 지금 내 시간은 전력 질주를 하는 듯 내달리고 있다.

플레이리스트가 브로콜리너마저의 노래로 가득 차는 시간.

나는 이 계절을 처음으로 사랑하게 되었다.

이국에서

제주에서 태어나 자란 이들이라면 제주의 특별함을 인지하지 못할 수도 있다. 그러나 해외여행이 자유롭지 않았던 그때 그 시절에는 비행기를 타고 제주로 들어와 공항으로 나오면 눈 앞에 펼쳐지는 야자수의 모습에 멀고도 먼 하와이에 닿은 듯 들떴다고 한다. 모두의 신혼여행지가 제주였던 것만 봐도 알 수 있다. 부모님의 앨범을 뒤지면 야자수나 돌하르방 앞에서 어색한 미소를 지으며 찍은 사진을 어렵지 않게 발견할 수 있다. 많은 이들의 낭만과 추억이 깃든 곳이라고 생각하면 기분이 또 색다르다.

부산, 전주, 경주, 강릉 등 육지에도 인기 있는 관광지들이 많다. 그러나 섬의 특성상 제주로 들어서기 위해서는 배나 비행기를 이용해야만 하고, 땅은 넓고 볼 것은 많으니 렌터카를 이용하거나 버스나 택시, 혹은 스쿠터를 타는 것이 좋다. 뚜벅이 여행자들이 많지만 사실 제주는 뚜벅이들이 다니기 쉽지 않은 곳이고 한계도 많다.

나는 사람들이 휴가를 모으고 모아 짧은 일정으로 해외를 나가는 요인 중 하나가 비행기라고 생각한다. 수많은 관광지 사이에서도 단언컨대 제주가 한국인들이 가장 사랑하는 곳인 이유와도 비행기가 관련 있지 않을까? 이국의 분위기를 풍기면서도 이국이 아닌 바로 그 섬. 그래서인지 제주의 대부분이 관광사업과 연결되어 있다. 놀거리와 볼거리가 넘치는 제주를 사랑하지 않을 수 없으므로.

그렇다고 뭐 그리 특별할 게 있을까? 다 사람 사는 곳이다. 다들 일을 하고 끼니를 챙기고 비슷한 고민을 가진 채 산다. 그래서인지 나는 내가 어디에 있는지만큼, 아니 어쩌면 그보다 더 중요한 사실은 어떤 내가 살고 있는지라는 생각이 든다. 그럼에도 공간과 인간은 더불어 사는 존재라서 어쩔 수 없이 서로에게 영향을 미치게 되지만 말이다.

나는 제주에 와서 많은 혼란을 겪었다. (물론 서울에 살 때 혼란스럽지 않았던 건 아니었다.) 더불어 많은 변화를 겪었다. 제주가 어렵고 불편했던 시기가 있었다. 환상의 섬 제주와 어울리지 않게 부정적인 감정이라니. 나도 어이가 없었다. 사람들은 제주살이에 일종의 로망을 품지만, 여행자로 머무는 것과 거주민으로 머무는 것은 또 달라서, 어떨 땐 스스로 이곳과 어울리지 않는다고 자책했다. 절대 익숙해지지 않을 것 같았고, 신난 기색으로 여행 온 사람들과 일하러 가는 내 현실을 비교하게 되기도 했다.

다행인 건 내가 나름의 적응을 했다는 것이다. 태풍이 불어닥치거나 지진이 났을 때 나를 잊지 않고 안부 연락을 해주는 친구들의 소중함을 새삼스레 알게 되었다. 그들에게 고마움을 전하고 싶다. **나는 이곳에서 내 방식대로 지내고 있으며 나의 안녕을 걱정해준 이들의 안녕 또한 바라고 있다.**

시절
인연

잊고 있던
어쩌면 익숙해
차마 알아차리지 못했던 것들

좋아하기도, 사랑하기도 벅찬
시간이 너무 빠르게만 지나가
우물쭈물
마음은 그렇지

고백하지 못한 마음이
식어버리지 않을 적당한 순간에
담백하게 말하자

사실 좋아한다고

그래도 다행히

"서울이 그립지 않아?"

그래도 10년을 살았던 서울이다.
단 한 톨도 그립지 않다면 거짓말이다.

늦은 시간까지 술을 마셔도 지하철을 타고 집으로 돌아갈 수 있었다. 편하게 문화생활을 하고 마음만 먹으면 어디로든 곧장 닿을 수 있었다. 해외로 나갈 일이 생기면 인천공항이나 김포공항으로 향했다. 서울은 꽤나 편리했다.

처음 제주에 살기 시작했을 때, 2주에 한 번은 서울로 갔다. 그곳에 내 가족과 친구들을 두고 왔으니까. 2주는 4주가, 4주는 두 달이 되며 횟수는 나날이 줄어들었다. 오히려 서울에선 숨이 '턱!' 막혔다. '내가 어떻게 이런 지옥철을 타고 다녔지?' 지하철 환승역에서 누구보다 빠르고 능숙했던 그 시절의 내가 아득하게만

느껴졌다. 언제 그랬나 싶다. 이래서 사람은 적응의 동물인 걸까.

그래도 서울이 있어 제주 생활이 가능했다. 서울에서 단단해졌기에 지금의 생활에 만족할 수 있게 되었다.

물론 아프기라도 하면 낭패긴 했지만.

40분 이상 걸려야만 병원에 닿을 수 있지만.

장염으로 속이 부글거리는데 병원까진 한참 더 가야할 때, 주차를 하고 볼일을 봐야 했지만.

가득 부푼 다래끼를 달고 애꾸눈으로 운전해 안과에 갔지만.

당장 필요한 물건들이 택배사 사정으로 2주나 오지 않아서,

직접 제주항으로 가서 물건을 수령해야만 했지만.

그런 불편함마저 사랑하게 되었다.

이젠 서울이 그립지 않다.

다행이다.

녹아 사라지지 않는 마음

어릴 때 쓰던 그림 일기장에는 날씨를 표시하는 칸이 있었다. 해 모양, 구름 모양, 비 모양, 눈사람 모양이 그곳에 그려져 있었다. 남쪽 지방에 살았던 나는 눈사람에 동그라미 표시할 일이 극히 드물었다. 그래서인지 다 큰 어른이 되고 나서도 눈만 내리면 아이가 된 것처럼 들떴다. 눈이 제주를 뒤덮으면 그야말로 온 세상이 하얗게 변하는 날이다. 어른이나 어린이 할 것 없이 모두 들뜬 기색을 숨기지 못하고 밖으로 나오는 걸 보면 신난 사람이 나 하나만은 아닌 듯했다.

스키장이 없음에도 여기저기 자연 썰매장이 생긴다. 굽이진 언덕이 있는 이 마을을 어찌 알고 찾아왔는지 하나둘 사람들이 모이고, 각양각색의 썰매가 등장한다. 썰매를 지고 오르내리는 이들의 눈은 초롱초롱 빛나고 홍조가 올라온 채 웃고 있는 낯에 나까지 웃음이 났다.

눈은 자주 오지만 따뜻한 섬의 특성상 금방 녹아 쌓이지 않는다. 그래도 눈이 쌓일 만큼 내리면 예외 없이 숲으로 향한다.

"와 정말 예쁘다."

"다른 세상 같아."

눈의 아름다움을 알고도 운전을 걱정하게 되는 나이가 되었지만, 그럼에도 무뎌지는 감성을 뚫고 입 밖으로 감탄사가 터져 나올 때가 있다. **여전히 살아감에 있어** 놀라운 광경이 남았음에 감사해진다.

아직도 하고 싶은 일이 많습니다

생각해보면 단 한 번도 쉬웠던 적이 없었다.

아무리 철저히 계획을 세워도 모래성처럼 와르르 무너졌다.

뜻대로 되지 않는 걸 알면서도 나는 다시 계획을 세웠다.

해야 할 일을 어떻게든 만들었다.

작심삼일의 일상을 보내면서도 연말에는 한 해를 정리했다.

다가올 이듬해를 기약하기 위해 새로운 목록을 만들었다.

잘 안 되면서도 하고자 했다.

그게 삶을 열심히 살아내는 원동력이 되었다.

많은 것을 경험해도 여전히 서툴고,

연애는 어려우며 결혼은 더더욱 그렇다.

내게 남은 숙제는 연애나 결혼 같지만

사실 누군갈 만나려는 노력조차 하지 않고,

그저 내가 너무 좋아 누군가 들어 올 틈이 없다.

한창 바쁘고, 한참 즐겁다.

거창하게 무언가를 바라기보다

하루하루 끼니를 챙기고,

평온하게 지낸 오늘이 잘 쌓이길 바랄 뿐.

그걸로 충분하다.

욕심내지도 포기하지도 않고

그저 내게 주어진 오늘을 마주한다.

무슨 일이 생길까?

어떤 사람과 만나게 될까?

아무것도 단정짓지 않기로 해.

제주는 잘 있습니다

초판 1쇄 2022년 3월 24일

지은이 엄지사진관

발행인 유철상
편집장 정은영
기획·편집 정유진
디자인 노세희, 주인지, 조연경
마케팅 조종삼, 윤소담
콘텐츠 강한나

펴낸곳 상상출판
출판등록 2009년 9월 22일(제305-2010-02호)

주소 서울특별시 성동구 뚝섬로17가길 48, 성수에이원센터 1205호(성수동2가)
전화 02-963-9891
팩스 02-963-9892
전자우편 sangsang9892@gmail.com
홈페이지 www.esangsang.co.kr
블로그 blog.naver.com/sangsang_pub

인쇄 다라니
종이 ㈜월드페이퍼

ISBN 979-11-6782-066-2 (03810)